D0150019

L'INTERDITE

Paru dans Le Livre de Poche :

DES RÊVES ET DES ASSASSINS
LE SIÈCLE DES SAUTERELLES
LA TRANSE DES INSOUMIS

MALIKA MOKEDDEM

L'Interdite

ROMAN

GRASSET

© Éditions Grasset & Fasquelle, 1993.

ISBN : 978-2-253-13768-9 - 1re publication - LGF

À Tahar DJAOUT,
Interdit de vie à cause de ses écrits.

Au groupe AÏCHA,
Ces amies algériennes qui refusent les interdits.

« Il y a des êtres d'espèces différentes dans la vaste colonie de notre être, qui pensent et sentent diversement...

Et tout cet univers mien, de gens étrangers les uns aux autres, projette, telle une foule bigarrée mais compacte, une ombre unique – ce corps paisible de quelqu'un qui écrit... »

FERNANDO PESSOA,
Le Livre de l'intranquillité.

I

SULTANA

Je suis née dans la seule impasse du ksar [1]. Une impasse sans nom. C'est la première pensée qui me vient face à ces immensités. Elle couvre mon trouble d'une cascade de rires silencieux.

Je n'aurais jamais cru pouvoir revenir dans cette région. Et pourtant, je n'en suis jamais vraiment partie. J'ai seulement incorporé le désert et l'inconsolable dans mon corps déplacé. Ils m'ont scindée.

Du haut de la passerelle de l'avion, j'observe le petit aéroport de Tammar. Le bâtiment a été agrandi. Les pistes aussi. Tammar... des années basculent, s'empilent au présent, dans les tornades de la lumière. J'en ai le cœur chaviré. Mon oasis est à quelques kilomètres d'ici. Un ksar de terre, cœur labyrinthique, ourlé de dunes, frangé de palmiers. Je me revois adolescente quittant la contrée pour l'internat d'un lycée d'Oran. Je me rappelle le contexte pénible de ce départ. Ensuite, de fuites en ruptures, d'absences en exils, le temps se fracasse. Ce qu'il en reste ? Un chapelet de peurs, bagages inévitables de toute errance. Cependant, distance conjuguée au temps, on apprend à dompter les pires angoisses. Elles

1. *Ksar* : village traditionnel en terre (pluriel, *ksour*).

11

nous apprivoisent. De sorte qu'on finit par cohabiter la même peau, sans trop de tiraillements. Par instants, on parvient même à s'en délester. Pas n'importe où, non. Au plus chaud de la culpabilité. Au plus secret du regret. Un coin privilégié de l'exil.

En clignant des yeux sous l'effet de la réverbération blessante, l'hôtesse m'invite, d'un sourire, à descendre les quelques marches devant moi. J'entrave la progression des passagers.

Pourquoi cette envie soudaine de reprendre contact? Est-ce à cause de ma nausée du monde? Une nausée ressortie des oublis par le désenchantement des ailleurs et des là-bas, dans le cru de la lucidité? Toujours est-il que je me trouvais de nouveau défaite de tout. Mon détachement avait, de nouveau, gommé mes contours, piqué à ma bouche un sourire griffé, répudié mes yeux dans les lointains de la méditation.

Ou est-ce parce que la lettre de Yacine était postée d'Aïn Nekhla, mon village natal?

Une conjonction de tout cela, sans doute.

C'était par un jour de grand vent. Une violente tramontane chevillait les premières aigreurs automnales dans la tiédeur d'un Montpellier pris au dépourvu. C'était par un jour de grand vent de la nostalgie, aussi. Pelotonnée dans ses hurlements, j'écoutais la tramontane, j'entendais le vent de sable. Et soudain, le besoin d'entendre Yacine, d'être avec lui dans cette maison, s'est mis à tourner, derrière les barreaux de mes censures. Quelque chose d'insoumis a brutalement surgi d'une longue léthargie. Mes pensées, en partance, ont submergé ma nausée, attisé le mal du pays. Tramontane dehors, vent de sable dedans, mes résistances ont lâché. Téléphone, recherche, sonnerie et cette voix inconnue :

– Qui êtes-vous, madame, s'il vous plaît?

– Sultana Medjahed, une amie de Yacine, est-il là?

– Une amie très proche?

– Euh… oui, pourquoi?

– Vous appelez d'où, madame, s'il vous plaît?

– Je suis en France. Pourquoi toutes ces questions ?
Yacine n'est pas là ?

– Madame, j'ai le regret de vous apprendre que le
docteur Yacine Meziane est mort cette nuit.

– Mort ? ! Cette nuit ? !

– Oui, madame, qu'Allah ait son âme. Nous l'avons
découvert, mort, dans son lit. Il a l'air seulement pris
dans un grand sommeil. Lui, le sportif, plein de santé !
Hier après-midi, il a longtemps joué au foot avec les
gamins du village. Je suis l'infirmier qui travaille avec
lui. Nous attendons les médecins de Tammar, la ville
d'à côté.

« Mort cette nuit », ma nausée s'était mise à
bouillir, à me cuire. Pour l'apaiser, je me suis bercée
aux souffles de la tramontane et du vent de sable, en
moi mêlés. Je me suis menti : ce n'est qu'un cauchemar, un bélier noir entré par effraction dans le champ
blanc de mon indifférence. Ce ne sont que mensonges
ou hallucinations, nés de la rencontre de deux vents
déments. Ce ne sont que des réminiscences, des
ruades du passé sur le désert du présent. Demain, il
n'en restera rien. Demain, le vent de sable aura
enterré les peurs de l'enfance et de l'adolescence.
Demain, la tramontane aura balayé mon Midi.
Demain mon indifférence aura de nouveau colmaté
ses brèches.

Ma valise à la main, je me dirige vers un taxi.

– Peux-tu m'emmener à Aïn Nekhla, s'il te plaît ?

– Tu es la fille de qui ? s'inquiète, d'un ton abrupt, le
chauffeur en rangeant ma valise dans son coffre arrière,
parmi un désordre d'outils et de chiffons maculés de
cambouis.

– De personne.

Je monte en voiture et claque ostensiblement la portière pour décourager l'interrogatoire que je sens venir.
Il repousse sa chéchia, me dévisage, se gratte le front,
crache au sol et consent enfin à prendre sa place derrière le volant. Il démarre en me jetant de fréquents
regards dans le rétroviseur. Petits coups d'œil allumés,

affamés qui me jaugent comme si j'étais un puzzle en vrac qu'il ne savait comment entamer.

– Alors tu vas chez qui, à Aïn Nekhla?

– Chez personne.

– Il n'y a pas d'hôtel à Aïn Nekhla. Comment peux-tu n'aller chez personne? Ici, même un homme ne peut aller « chez personne »! Personne, ça n'existe pas chez nous!

Je n'ai rien oublié. Ni cette curiosité qui cingle. Ni cette ingérence qui s'arroge tous les droits. Quand l'inquisition est érigée en civilité, les questions sont des sommations et se taire devient un aveu d'infamie. L'homme me fixe dans le rétroviseur et s'écrie :

– Personne, ça n'existe pas! Et il n'y a pas d'hôtel!

Je n'ai rien oublié de mes terreurs d'antan, non plus. Sous leur emprise, mes yeux s'effaçaient de tout, bannissaient même ceux qui me témoignaient de la compassion. Seules deux femmes avaient pu m'approcher et me conquérir : une vieille voisine et Emna, une juive du mellah [1]. Un isolement blindé de silence.

Ce harcèlement me crispe. Je ne vois plus le désert. Je reporte mes yeux sur l'homme. Maintenant je crois le reconnaître. Une des grimaces anonymes de la horde qui me persécutait. Un des visages de la haine. Je me ferme sur l'instant. Un instant dont je l'exclus. Je m'enroule avec prudence sur mes Sultana dissidentes, différentes.

L'une n'est qu'émotions, sensualité hypertrophiée. Elle a la volupté douloureuse, et des salves de sanglots lézardent son rire. Tragédienne ayant tant usé du chagrin, qu'il se déchire aux premiers assauts du désir. Désir inassouvi. Envie impuissante. Si je lui laissais libre cours, elle m'anéantirait. Pour l'heure, elle s'adonne à son occupation favorite : l'ambiguïté. Elle joue au balancier entre peine et plaisir.

L'autre Sultana n'est que volonté. Une volonté démoniaque. Un curieux mélange de folie et de raison,

---

1. *Mellah* : quartier juif.

14

avec un zeste de dérision et le fer de la provocation en permanence dressé. Une furie qui exploite tout, sournoisement ou avec ostentation, à commencer par les faiblesses de l'autre. Elle ne me réjouit, parfois, que pour me terrifier davantage. Raide de vigilance, elle scrute froidement le paysage et, de son aiguillon, me tient en respect.

Un énorme rictus intérieur convulse mon attention.

Arrivé dans Tammar, le chauffeur immobilise son tacot devant un marchand de légumes. Il descend sans dire un mot. Je regarde la rue, effarée. Elle grouille encore plus que dans mes cauchemars. Elle inflige, sans vergogne, son masculin pluriel et son apartheid féminin. Elle est grosse de toutes les frustrations, travaillée par toutes les folies, souillée par toutes les misères. Soudée dans sa laideur par un soleil blanc de rage, elle exhibe ses vergetures, ses rides, et barbote dans les égouts avec tous ses marmots.

Des marmots, quelques-uns viennent aussitôt s'agglutiner autour du taxi :

– Madame ! Madame ! Madame ! Madame !

Longues tirades d'onomatopées à consonance française desquelles émergent, ici et là, quelques rares mots identifiables en algérien et en français : « je t'aime… nique… zebbi… », accompagnés de gestes on ne peut plus suggestifs.

Je n'ai pas oublié que les garçons de mon pays avaient une enfance malade, gangrenée. Je n'ai pas oublié leurs voix claires qui ne tintent que d'obscénités. Je n'ai pas oublié que, dès leur plus jeune âge, l'autre sexe est déjà un fantôme dans leurs envies, une menace confuse. Je n'ai pas oublié leurs yeux séraphiques, quand leur bouche en cœur débite les pires insanités. Je n'ai pas oublié qu'ils rouent de coups les chiens, qu'ils jettent la pierre et l'injure aux filles et aux femmes qui passent. Je n'ai pas oublié qu'ils agressent, faute d'avoir appris la caresse, fût-elle celle du regard, faute d'avoir appris à aimer. Je n'ai pas oublié. Mais la mémoire ne prémunit jamais contre rien.

Le chauffeur revient. Il leur adresse des œillades complices avant de démarrer. Les enfants s'agrippent au véhicule. L'homme accélère en riant. J'ai si peur d'un accident que je pousse un cri. Le visage illuminé de rire, un des enfants me lance, avant de lâcher prise :

– Putain !

Je sursaute. « Putain ! » Plus que l'image navrante de la rue, plus que la vue du désert, ce mot plante en moi l'Algérie comme un couteau. Putain ! Combien de fois, lors de mon adolescence, encore vierge et déjà blessée, n'ai-je pas reçu ce mot vomi sur mon innocence. Putain ! Mot parjure, longtemps je n'ai pu l'écrire qu'en majuscules, comme s'il était la seule destinée, la seule divinité, échues au rebut féminin.

L'homme m'observe dans le rétroviseur avec des yeux satisfaits. Nos regards s'accrochent, se mesurent, s'affrontent. Le mien le nargue, lui dit sa vilenie. Il baisse les yeux le premier. Je sais qu'il m'en voudra de cet affront. J'essaie de me concentrer sur le paysage.

Cette route, combien d'années l'ai-je parcourue, deux fois par jour ? Le matin, pour me rendre au collège. Le soir, pour rentrer à Aïn Nekhla. Vingt kilomètres séparent mon village de la ville. Vingt kilomètres de néant. Je n'ai rien oublié de ce néant non plus. La rectitude de son tracé goudronné. Son ciel torve qui calcine la poésie des sables. Ses palmiers, pauvres exclamations à jamais inassouvies. Le grimoire sans fin de ses regs. Les quintes sardoniques de ses vents. Puis le silence, poids d'une éternité consumée. Je reconnais même ces petites dunes-là… Quelle niaiserie ! À leur forme en croissant, je viens de réaliser que ce sont des bercanes. Elles sont mobiles et se déplacent au gré des vents.

Un son de flûte, à peine audible, coule en moi. J'ai mis du temps à le percevoir, à l'entendre. Ses reptations me gagnent, me prennent toute. Je ne sais pas ce qu'il me dit.

L'homme conduit avec tant de brusquerie qu'il tire

16

d'étranges râles d'une boîte de vitesses à l'agonie. Les amortisseurs, eux, sont si laminés que je suis secouée comme sur un méhari. Quand les roues mordent le bas-côté, un souffle de sable envahit l'intérieur du taxi. L'odeur de ce sable, seul baiser d'accueil. Il est parfumé de cette herbe qui pétille dans la soupe au blé concassé.

– Il a plu ces jours-ci ? ne puis-je m'empêcher soudain de demander.

– Oui, un peu, répond l'homme, les yeux écarquillés d'étonnement.

Il suffit qu'il tombe trois gouttes pour que, deux jours plus tard, une herbe rase crève l'aridité et explose aussitôt en fleurs jaunes et arôme entêtant. J'en ignore toujours le nom français.

Encouragé par ma question, l'homme revient à la charge :

– Alors tu viens d'où, toi ?

À Oran, j'avais appris à hurler. À Oran, je me tenais toujours cabrée pour parer aux attaques. L'anonymat dans de grandes villes étrangères a émoussé mes colères, modéré mes ripostes. L'exil m'a assouplie. L'exil est l'aire de l'insaisissable, de l'indifférence réfractaire, du regard en déshérence.

Je garde le visage résolument tourné vers ma fenêtre. Je me laisse aller au bain de mes odeurs. Je colle mon ouïe à cette flûte ténue au fond de moi. La voiture fait une embardée. Ma frayeur arrache un rire goguenard à l'homme. Il recommence à grands coups de volant. À présent, le rétroviseur me renvoie un regard de cinglé. C'est alors seulement que je découvre la barbe qui charbonne son visage. J'aurais dû m'en méfier !

– La fille de personne, qui ne va chez personne ! Tu me la joues ou quoi ? Puisque tu refuses de parler, tu n'as qu'à porter le voile !

J'éprouve un soulagement quand j'aperçois, au loin, les premières maisons d'Aïn Nekhla.

– Peux-tu me déposer à l'hôpital, s'il te plaît ?

– Tu es la sœur du *tabib* [1] ? C'est le seul étranger, un Kabyle !

–…

– Mais tu n'as pas l'air d'une Kabyle, toi. On dit qu'il n'est pas marié… Tu es peut-être sa… ?

Va-t-il oser dire sa putain ? Je l'en défie du regard. Il abdique. Détournant les yeux du rétroviseur, il marmonne :

– Pourquoi il est venu ici, ce Kabyle ? Même les enfants du Sahara, quand ils deviennent médecins ou ingénieurs, ils vont dans le Nord ou à l'étranger. Les gens ne viennent ici que dans les prisons ou par mesure disciplinaire ! Nous du Sud, on est une punition, un cachot ou une poubelle pour tous les nababs du Tell. Ils ne nous envoient que la racaille du pays ! La preuve, il est au RCD [2], le *tabib*. Mais il est mort, il y a deux jours. On va l'enterrer cet après-midi !

Au-delà des accents de revanche qui triomphent dans sa voix, j'entends « On va l'enterrer cet après-midi ». Cela me vide de toute indignation. J'ai misé sur le fait qu'ici on enterre les morts le jour même, l'après-midi même de leur décès. J'ai différé mon voyage de deux jours, exprès. Mais le médecin a sans doute eu droit à un traitement spécial. Yacine a attendu mon arrivée.

Je pense à cet enterrement au bout de ma route. Une chape de lassitude s'abat sur moi. J'en perds le son de cette flûte, tout à l'heure irraisonnée et impudique dans mon tréfonds, avant d'en avoir reconnu la mélodie.

– Les *tabibs* de la ville l'ont ouvert de partout, comme un mouton. J'espère que depuis avant-hier, ils l'avaient mis au frigidaire, sinon, ce n'est pas le mouton qu'il doit sentir mais la hyène !

Il crache de dégoût par la fenêtre et continue de son ton bourru :

– Ils cherchaient la cause de sa mort, qu'ils ont dit !

gruff, surly

1. *Tabib* : médecin (féminin, *tabiba*).

2. RCD : Rassemblement pour la culture et la démocratie (parti politique).

18

Est-ce que Dieu a besoin de se justifier pour reprendre ce qu'il a donné?

Je devrais gifler cet ignoble individu! Le feu de cette envie me traverse et s'éteint. Je me contente d'observer l'homme avec attention. Sa veste est sale et déchirée. Ses yeux, qui s'affolent dans le rétroviseur, portent deux gouttes de pus aux angles intérieurs. Une mouche ne quitte l'un que pour l'autre. Ses paupières sont rouges et œdémateuses. Conjonctivite, pensé-je avec détachement. Combien a-t-il d'enfants à charge? Huit? Neuf, dix? Combien a-t-il usé de femmes?

Mon regard l'agace. Il se détourne et continue son monologue. Sa voix ne m'est plus qu'un désagrément lointain. Tout m'est si lointain. Les souvenirs qui me remontent n'ont plus qu'un goût fade, passé. J'essaie de retrouver les serpentins égarés de la flûte.

Je mets un moment à me rendre compte que la voiture vient de s'immobiliser. Les salves de mots ont eu raison des dernières vibrations de l'émotion. Après quinze années d'absence et une nostalgie lancinante, je suis entrée dans Aïn Nekhla sans m'en apercevoir. Sans la présence de cet homme, je me serais esclaffée. J'ai l'horrible impression que mes retrouvailles avec cette région virent à la confrontation, que mille nostalgies sont encore plus supportables que la réalité algérienne.

Sur ma droite, l'hôpital, juste un peu plus petit, juste un peu plus délabré que dans ma mémoire. Je m'extirpe du taxi. Ma valise est déjà jetée au sol. J'avais eu le temps de changer un peu d'argent durant la brève escale à l'aéroport d'Alger. J'en donne deux billets à l'homme. Il les empoche et tend à nouveau la main.

– Combien te dois-je?

Maintenant c'est lui qui se tait. Je sors un troisième billet. Il s'en saisit et se hâte de partir. Trois cents dinars? C'est beaucoup trop. Sans doute considère-t-il que mon inconduite vaut au moins quelque rançon. Ce voyage, s'il pouvait ne me coûter qu'en argent.

Je suis face à l'hôpital. Le muret qui le ceint est, par endroits, presque totalement ensablé. Des hommes sont accroupis ou debout, le long du bâtiment. Ils me dévisagent. Là, le présent ne me semble que le passé décrépit, mes souvenirs cassés et empoussiérés. Il doit être midi. Je ne peux pas le vérifier. Ma montre est dans mon sac et je suis comme hypnotisée. J'ai le cœur dans la tête qui pioche à grands coups.

Je finis par gravir les quatre marches du perron. Je pousse la lourde porte en bois. Une pénombre de mosquée règne dans le hall. À droite, je reconnais la porte du cabinet de consultation, à gauche, celles des deux salles d'attente. Le raclement d'une chaise repoussée me parvient du fond, de la salle de pansement. Un homme en blouse blanche apparaît. Il vient vers moi.

– Bonjour madame.

– Je suis une amie de Yacine.

Il m'observe, un moment interdit.

– Est-ce vous qui avez appelé de France, avant-hier ? J'acquiesce.

– Ah ! C'est bien, c'est bien. Je suis content que vous soyez là, madame. Je suis l'infirmier. Je crois que dans sa mort le docteur Meziane sera heureux de vous savoir là. Il n'avait plus de famille.

– Non. Ils ont tous été tués pendant la guerre. Il n'avait plus que sa mère. Elle est morte, il y a deux ou trois ans.

– Les médecins de Tammar étaient ses amis aussi. Ils lui ont fait une autopsie. Il était en bonne santé. Ils ont dit : « mort subite ». Pour une mort subite, c'en est une ! L'ambulance l'a ramené ce matin. Il vient d'avoir les dernières ablutions. On l'enterre à trois heures.

Ses yeux se remplissent de larmes. Il me tourne le dos et dit :

– Venez !

J'abandonne ma valise et le suis. Tout au fond, à côté de la salle de pansement, il ouvre la porte de la morgue. Enroulée dans un linceul, une forme démesurée gît sur une table. Une autre, celle d'un enfant, repose sur une planche, au sol. L'odeur de cadavre est forte.

– Si vous voulez le voir une dernière fois, je peux découvrir son visage.

– Non !

Mon cri de panique sonne incongru dans le silence. J'en ai honte. L'infirmier me regarde. Je m'avance vers la table. Je tends les mains et saisis la forme par les pieds. Une double ou triple épaisseur de tissu amidonné m'en sépare. J'ai l'impression de toucher du carton. Que suis-je venue chercher ici ? La certitude que je ne le reverrai jamais, plus jamais ? Subitement, Yacine m'apparaît, tel qu'il venait à ma rencontre, dans les allées de l'hôpital d'Oran, lorsque nous étions étudiants. Il est en jean de velours noir et chemise verte, du même vert profond que ses yeux. Son sourire creuse son menton d'une fossette épanouie. Il ouvre les bras pour m'accueillir. Je me précipite vers lui. Mais l'atmosphère cisaille mon souffle. Le blanc du linceul brûle mes yeux. Je déteste ce blanc, halâtre de la pénombre. Je déteste ce silence où explose l'innommable. Je déteste cette puanteur. Je voudrais pouvoir crier, crier. Respiration bloquée, je ne trouve pas un gémissement, pas un mot. Je quitte la pièce.

L'infirmier me talonne, s'empare de ma valise.

– Je vais vous conduire chez moi. Ma femme s'occupera de vous. Il vaut mieux que vous alliez là-bas.

– Non. Je reste ici. J'irai chez Yacine après l'enterrement.

– Ils ne vous laisseront pas assister à son enterrement. Vous le savez que les femmes ne sont pas admises aux enterrements.

– On verra bien qui pourra m'en empêcher !

– Le maire est FIS. Il n'aimait pas le docteur Meziane mais il viendra. Il ne ratera pas une occasion si propice à sa propagande. Ils sont quelques agités à s'évertuer à embrigader une population qui somnole dans sa misère et dans ses tabous.

Je ne trouve rien à dire. Je tourne la poignée de la

porte du cabinet de consultation. Tout est comme auparavant, sauf peut-être le divan d'examen. Derrière le bureau, une longue blouse blanche pend à un portemanteau.

– Bon, vous n'avez qu'à attendre là, mais… avez-vous mangé ?

– Je n'ai pas faim.

– Je vais vous faire un café, au moins !

Visiblement déçappointé, il disparaît sans attendre ma réponse. Je ferme la porte. Mes yeux font le tour de la pièce. La fenêtre dont la sempiternelle moustiquaire résille la lumière, ici et là, sur l'appareil de radioscopie qui rouille par endroits, sur le tablier en plomb qui porte une grande déchirure ressoudée au sparadrap, sur l'évier dont le robinet ne coule pas souvent, sur la petite armoire en métal vitrée où les rares fioles ont l'air orphelines, sur le chariot sans instruments, sur le vieux carrelage. Le portemanteau. La longue blouse. Linceul plein là-bas. Linceul délaissé ici, blancheur affaissée. Le bureau avec d'un côté un vieux fauteuil, de l'autre trois chaises en skaï. Au fond, la table d'examen. Je vais m'asseoir dans le fauteuil. Je le recule contre le mur. La blouse frôle mon dos, mes épaules, mon cou, ma tête. Je la caresse, la renifle, y enfouis mon visage. Est-ce l'odeur de Yacine ? Je ne sais plus comment était son odeur. Celle du cadavre obstrue encore mes narines.

La porte de l'hôpital s'ouvre brusquement. Aussitôt me parvient l'exclamation de l'infirmier :

– Si Salah !

Salah Akli ? Le meilleur ami de Yacine ?

Les deux hommes échangent quelques mots dans le vestibule. Des sanglots rentrés étranglent leurs voix. Je les entends se diriger vers la pièce mortuaire. Un moment après, ils sont de retour et pénètrent dans le cabinet. Je n'avais vu Salah qu'à de rares occasions. Il faisait alors ses études de médecine à Alger et j'avais toujours inventé mille prétextes pour ne pas être de leurs retrouvailles, Yacine et lui. Était-ce par jalousie ?

Était-ce par crainte ? Son regard jaune est inoubliable.

Madame… ? me demande l'infirmier.

— Sultana Medjahed. Nous nous connaissons Salah Akli et moi.

— Ah, très bien, très bien.

C'est, de toute évidence, à contrecœur que Salah me serre la main en me fixant de son énigmatique regard de chat, tandis que l'infirmier s'esquive.

— Tu n'as jamais daigné lui rendre visite ni même répondre à son courrier. Mais tu arrives à l'heure pour son enterrement ! Il te portait en lui comme un abcès profond. C'est peut-être ça qui l'a tué ! Je me suis toujours demandé ce qu'il te trouvait que n'aurait pu lui offrir une autre femme moins compliquée, murmure-t-il entre ses dents.

Ses paroles me suffoquent. Je cherche une riposte que je voudrais cinglante quand Khaled revient, portant le café. Je rengaine ma hargne, pour l'instant. L'homme nous tend des tasses. Nous buvons tous les trois en silence.

— As-tu acheté le mouton, Khaled ? demande Salah.

— Oui, je l'ai sacrifié hier. Ce soir, je porterai des plats de couscous à la mosquée. J'ai demandé aux *talebs* [1] d'être là.

— Merci. Tu me diras ce que je te dois.

— Il y a déjà foule devant l'hôpital.

— Oui, il y a beaucoup de gens dehors, répond Salah.

— On n'attend plus que les médecins de la ville et les officiels d'ici.

Khaled n'a pas fini sa phrase qu'on entend un brouhaha dans le hall.

— Les voilà !

La porte du cabinet s'ouvre sur un groupe d'hommes qui embouteillent l'entrée. Quelques-uns se dirigent vers le fond du couloir. Un bourdon de voix étouffées, un piétinement sourd et Khaled réapparaît au seuil.

— On y va !

1. *Taleb* : maître d'école coranique.

Nous sortons, Salah et moi. Dehors, une foule masculine. Un large éventail d'âges à prédominance très
jeune. Par la porte grande ouverte, surgit le brancard,
porté par quatre hommes. Ils prennent la tête du cortège
qui s'ordonne : les hommes devant, le grand nombre
d'adolescents et d'enfants, massés derrière.

– *La illaha ill'Allah, Mohamed rassoul Allah* [1] !

L'unicité d'Allah, scandée, donne le signal du départ.
Le cortège s'ébranle. Nous suivons, Khaled, Salah et
moi. Dans le groupe de tête, un homme se retourne plusieurs fois. Le feu de ses yeux est sans équivoque. Il
finit par rebrousser chemin et venir vers moi.

– C'est le maire, me souffle Khaled.

– Madame, tu peux pas venir ! C'est interdit !

Salah me prend par le bras :

– Interdit ? Interdit par qui ?

– Elle peut pas venir ! Allah, il veut pas !

– Eh bien figure-toi qu'Allah lui a dit qu'elle pouvait
! Elle est venue de très loin pour ça !

– Tu blasphèmes !

– Pas plus que toi !

Et, me tirant par le bras, Salah m'entraîne avec lui.
L'homme en reste coi. Nous le dépassons. Se ressaisis-
sant, il nous emboîte aussitôt le pas en hurlant la *chahada* [2] comme une imprécation vengeresse, un appel
pressant à la colère divine que nous encourons.

– Qui est-ce ?

– Bakkar, le chef du FIS.

– Bakkar !

– Vous le connaissez ? demande l'infirmier.

Je ne réponds pas. Je viens de découvrir d'autres
yeux qui ne me lâchent pas, ceux de l'homme du taxi.

– Et lui qui est-ce ?

– Ali Marbah, l'acolyte de Bakkar, un *trabendiste* [3]
véreux.

1. *La illaha ill'Allah, Mohamed rassoul Allah* : il n'y a de Dieu
que Dieu. Mohamed est son prophète.

2. *Chahada* : l'unicité de Dieu. L'un des cinq piliers de l'Islam.

3. *Trabendiste* : qui pratique le trabendo : marché noir, contrebande.

24

La colère m'embrase. D'une secousse, je me dégage de la poigne de Salah

— Pardonne-moi, dit-il.

Je mets les mains dans mes poches. Mes poings serrent, chiffonnent le tissu. J'allonge le pas jusqu'à atteindre la tête du cortège. Eux derrière et moi devant, je marche vers le cimetière. Des petits jets de pierres jalonnent notre passage. J'avais oublié cette façon bien d'ici de répudier la mort, de signifier au cadavre qu'il ne doit jalouser aucun de ceux restés en vie, ni essayer d'entraîner quiconque avec lui.

Poussé par le déferlement de prières, je découvre une énorme bourgade. Elle a poussé comme une tumeur dans les flancs du ksar. Je ne connais pas ces rues qui s'offrent, nues, au sadisme du soleil. Le ksar manque à mes yeux. Les sinuosités de ses venelles capturaient des songes, abritaient les fuites et les mélancolies. Les entrelacs de lumière et d'ombre des passerelles et des terrasses, emboîtées, et les ocres des murs de terre, tressaient une harmonie. Maintenant ces constructions, en ruine avant même d'être achevées, étalent leurs fissures, leur chaos et leurs ordures, symboles de la laideur et de la stupidité des temps. Et la sagesse et la patience des vieux ont disparu sous l'entassement de la jeunesse, dans l'incendie de son désespoir. Je ne reconnais aucun visage. Mais ai-je jamais regardé les gens normaux ? Seules forçaient ma cécité les différentes figures de la tyrannie.

Je me retourne vers la dépouille qui tressaute sur le brancard au rythme des pas des hommes, au rythme de leurs voix qui hachent l'unicité d'Allah. Cela ne me semble qu'une des scènes du théâtre tragique de la rue. Yacine n'est pas là. Il a continué ma fuite. Notre amour n'a jamais été que cela : une fuite. Que suis-je venue chercher ici ? J'ai la désagréable impression d'avoir cédé à quelque chose qui relève de l'indécence, à une sorte d'envie de voyeurisme. Je n'aurais jamais dû revisiter ces lieux du passé. La petite fille que j'ai été est toujours là avec les ombres d'autres enfants de sort

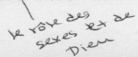

25

similaire. La souffrance les a vampirisés, a grandi à leur place en défigurant l'endroit.

Ils l'ont mis en terre avec hâte. Avec hâte, ils disent une dernière prière. Je me détourne d'eux et reviens vers l'hôpital. Pour la première fois depuis mon arrivée, je vois le ciel. Il coule en moi, me remplit à ras bord. Une sérénité bleue étanche mon angoisse. Mon pas se raffermit. Salah me rejoint. Nous marchons côte à côte.

– Cela fait dix ans que tu n'avais pas vu Yacine, n'est-ce pas ?

– Oui, et plus de quinze ans que je n'étais pas revenue à Aïn Nekhla.

– Dix ans ! La Méditerranée est parfois infranchissable.

– C'est en nous-mêmes que sont les abîmes... Je ne reconnais rien par ici.

– Tu vivais dans le ksar ?

– Oui. C'est là que je suis née.

– Le ksar a été totalement déserté.

– Oui, je l'avais appris. Cela avait conforté ma décision de ne pas revenir.

– Des amoureux des ksour de la Saoura ont alerté l'Unesco. Je ne sais pas s'ils obtiendront quelque chose.

Je n'arrive pas à m'imaginer le ksar mort. Je ne sais pas si je vais avoir le courage de m'y rendre. Nous continuons notre chemin en silence. La flûte de nouveau. Je la sens plus que je ne l'entends. Elle est comme dans un autre temps, dans un moi encore inaccessible.

II

VINCENT

Quelque chose assaille mon sommeil. J'ouvre les yeux. Je me tourne sur le dos et subis, hébété, la charge du silence. Mais aussitôt, l'appel du muezzin explose de nouveau et torpille ma léthargie. Ma conscience afflue. Conscience d'être, seulement, vierge de toute emprise, comme en apesanteur, hors de toute mémoire. Puis, peu à peu, les lieux impriment leur existence, me cernent et me livrent au présent.

– Oh, zzut! Voilà trois nuits que les muezzins me persécutent!

Oran, Aïn Sefra, Tammar, trois nuits algériennes déjà, et cette prière qui me semble toujours dite par la même voix.

La fenêtre est grande ouverte. Elle découpe un rectangle marine, d'une fluorescence indigo. L'aube jute dans l'obscurité de la pièce. La nuit se rencogne et défait ses noirs flocons en secret.

Il m'est impossible d'échapper plus longtemps à cette voix. Elle monte comme une menace surgie d'un autre âge. Elle asphyxie mes poumons. Les prières du jour ne me sont que des points culminants dans l'exotisme de la rumeur locale. Pourquoi celle-ci m'ébranle-t-elle donc autant? Est-ce du fait de cet instant hybride,

27

écartelé entre deux désirs ? Est-ce parce qu'elle cueille ma vulnérabilité dans un état de total abandon ? J'y entends du morbide, la plainte de la nuit qu'une puissance cosmique égorgerait comme un mouton de l'Aïd. Et l'aube naissante ne m'est plus que cette agonie. Il faut que je sache ce que dit cette prière. Je suis persuadé qu'ainsi, j'échapperai à cet étau.

– Mon pauvre Vincent, tu ferais mieux, la prochaine fois, de choisir un hôtel qui soit loin de toute mosquée, du moins quand c'est possible. Ce serait certainement plus efficace !

Fichtre ! Je me crois prêt à affronter le désert alors que le timbre d'une voix inhabituelle suffit à me coller le bourdon ! Mon essai d'humour sonne creux. Ma tension augmente. Je me lève d'un bond. Je vais à la fenêtre. À ma gauche, le village puis le ksar, assoupis. En face, la première lame, debout, de l'erg occidental et la palmeraie. Dans le clair-obscur, les palmiers se dressent, les sables ondulent. Courbes et rectitudes entre lesquelles s'attarde un reste de nuit. Ce tableau, tout en demi-teintes songeuses, chasse mon appréhension. Durant un moment, je me perds dans sa contemplation. Puis, je retourne m'étendre sur le lit.

Le muezzin se tait enfin. Peu après, une rumeur m'indique que les fidèles quittent la mosquée. Je tente de me rendormir, sans succès. Pourtant, depuis trois jours, j'ai accumulé tant de fatigues et d'insomnies. Vais-je aller marcher ? Je n'ai aucune habitude du matin. Je suis de la nuit. Cette fébrilité et cette anxiété ne sont-elles pas les prémices d'une crise de rejet ? Ma main se porte aussitôt sur la cicatrice de mon flanc droit. D'un index tremblant, j'en reconnais les moindres pleins et déliés, écrits au scalpel de la providence qui, un jour, a couché parmi mes entrailles un rein étranger. Étranger ?

« Vous avez une totale identité tissulaire avec le rein du donneur, monsieur Chauvet ! C'est une chance exceptionnelle, inouïe ! » n'avaient cessé de se réjouir les médecins, là-bas à Paris.

D'abord, ils auraient dû dire « donneuse ». Et puis, « elle » n'a rien donné. Embusqué sur son chemin, le hasard lui a dressé un diabolique traquenard : accident de la route, coma dépassé, avenir trépassé. Elle n'était plus qu'un numéro de « rognon » au bénéfice de France-Transplant. Le hasard est un ange barbare. J'étais un receveur potentiel, préférentiel, sur son échiquier.

Cette greffe, je l'attendais depuis quelques mois déjà. Mais je n'avais jamais pensé au « donneur ». Du reste qui, parmi tous ceux qui figurent sur les listes d'attente de la greffe, s'inquiète de la provenance de l'organe qu'il espère ? Comment considérer, s'imaginer que l'inscription sur cette liste donne systématiquement droit à un « rognon » encore sur pattes, si je puis dire, encore au chaud d'un abdomen originel, encore au sang d'un corps premier ? Pourtant l'on sait bien que ces reins ne poussent pas dans des serres-laboratoires. Mais que dalle ! Aucun malaise. Toutes les interrogations trouble-fête, trouble-attente, passent à la trappe de l'inconscient. Je ne pressais pas l'autre de mourir. Mon envie d'un greffon ne grandissait aux dépens de personne. Personne, voilà le fin mot. Ce rein qui me faisait languir, n'avait pas d'appartenance, pas de provenance. Il naissait de la baguette magique d'une fée nommée France-Transplant, le jour où, enfin, elle daignait s'intéresser à un cas qui espère et désespère. Aussi trépignais-je, sans culpabilité.

Mais l'Autre fut là, dès les premiers frémissements de conscience, au réveil de l'intervention chirurgicale. Là, cousu à mon corps par la douleur, par la blessure de ma peau.

— Qui est-ce ? ai-je demandé à l'interne qui se penchait vers moi.

— C'est moi. Tout va bien, monsieur Chauvet, ne vous inquiétez pas.

— Non, le rein, qui est-il ?

— Je n'ai pas le droit de vous le dire. Restez calme,

monsieur Chauvet, vous êtes sous perfusion. Votre rein pisse très bien.

— Si, si, dites-le-moi, suppliais-je dans mon état de demi-conscience.

— C'est le rein d'une femme de vingt-sept ans, d'origine algérienne. Je ne vous en dirai pas plus.

Une femme. Une jeune femme. Une Algérienne. Sous le choc, je crois bien que j'avais de nouveau regagné le refuge de l'anesthésie, pour un moment encore. Je ne voulais plus savoir.

Pendant quelques jours, j'ai été tiraillé par des sentiments contradictoires. Je n'ai pas pu être heureux. « Sensiblerie », décréta mon entourage. Je me suis tu. J'ai caché mon émoi.

Peu à peu cependant, ma délivrance de la machinerie infernale du rein artificiel, de l'ennui d'une médecine déshumanisée, de jours exigus, enchaînés entre l'avec ou sans dialyse, a couvert mon trouble. La liberté retrouvée, la déchéance physique enrayée, la reprise des projets et de l'espoir, ont aidé l'habitude. J'ai accepté le rein. Ou peut-être est-ce lui qui a fini par m'intégrer et par digérer, filtrer et pisser mes tourments ? Sans crise de rejet, sans raté. Assimilation et pacification mutuelle. « Excellente tolérance du greffon. Nous vous avons greffé votre propre rein ! » se gargarisait le médical. Mais cette tolérance ne pouvait empêcher l'idée qu'avec cet organe, la chirurgie avait incrusté en moi deux germes d'étrangeté, d'altérité : l'autre sexe et une autre « race ». Et l'enracinement dans mes pensées du sentiment de ce double métissage de ma chair me poussait irrésistiblement vers les femmes et vers cette autre culture, jusqu'alors superbement ignorée. La fréquentation de Belleville et Barbès m'a guéri de deux autres tares : la résignation et la solitude. La résignation à la solitude.

D'une pression enhardie des phalanges, je tâte la voussure de mon greffon. Il est là, petit, ferme et oblong, sans signe de trahison. Il n'a pas profité de mon bref sommeil pour entrer en rébellion. Mon pouls est calme. Je ne suis ni moite, ni chaud. Cet examen sommaire, premier acte réflexe du matin, finit de me détendre tout à fait. Alors je me surprends, comme toujours à mon réveil, à caresser mon greffon avec la nostalgie, dans l'âme et dans les doigts, de ce corps à jamais inconnu, de cette étrangère de même identité, de ma jumelle algérienne. Couché dans le noir, quand je ne peux pas me voir, il m'arrive souvent d'ouvrir les bras pour l'accueillir, de les refermer sur son manque. J'enlace son absence, j'étreins le vide de sa présence. Un rein, presque rien, un défaut, une faute à rien, nous unit par-delà la vie et la mort. Nous sommes un homme et une femme, un Français et une Algérienne, une survie et une mort siamoises.

Pourquoi suis-je si nerveux depuis que je suis dans son pays d'origine ? Est-ce à cause de l'ennui colossal qui sourd des cités surpeuplées ? Est-ce à cause de la quasi totale absence de femmes dans les rues, surtout le soir ? Une absence qui renforce la sienne. Qui l'exclut davantage de ce pays. Qui me prive, moi, de l'immersion dans cette féminité dont je porte un éclat ? Ici, par moments, c'est comme si je n'étais plus qu'un lambeau d'elle resté vivant après sa mort. Désastreuse impression.

J'étais si paisible lors de ma longue descente en voilier, le long de la côte espagnole. Je naviguais le jour. Bercé par les flots, je m'appliquais à ne rien faire qui ne soit dégustation du moment. Une dégustation de gourmet. Je relisais des textes que j'aimais. Je m'émerveillais de toujours y débusquer, au détour d'une phrase, derrière le récif d'un mot trop signifiant, un sens subtil, caché. Je rêvais. Je rêvais d'Elle, mon absente en moi, mon double Arlequin, mon identité arc-en-ciel. Parfois, nous vivions ensemble, la durée de quelque songe du sommeil. Qu'y vivions-nous exactement ? Une douceur floue, des jeux d'enfants inaccessibles aux adultérations de la réalité. À mon réveil, j'essayais de lui redonner un visage, un corps. Mais elle s'esquivait. Elle me résistait comme ces significations dissimulées sous le sens premier des mots. Elle ne me laissait que le relief de son rein, que le sens de son absence. Je la caressais dans ce rein. Je l'apprivoisais dans tous les sens du rien. Et de voguer vers l'Algérie au rythme des faibles vents automnaux, au rythme de la traversée de sa chair par mon sang, me rendait heureux. J'allais la deviner, la découvrir, la construire, à travers les voix, les gestes, les façons d'être de milliers, de millions d'Algériennes. Le réchauffement progressif des températures, à mesure que je descendais vers le sud, n'était certes pas étranger à cette sensation de bien-être. En quelques jours, entre Cadaquès et Alicante, j'avais changé de saison. J'étais une attente imprécise sur le cours du temps. Un enfant dans un berceau que le fil de l'eau ramenait vers le ventre primitif de l'Afrique.

Le jour a fini par s'imposer. Mon regard inspecte la chambre. J'aime me retrouver dans les chambres dépouillées des hôtels. Chambres sans souvenir, offertes à des libertés multiples, en rupture avec les habitudes. J'aime me réveiller dans cette absence des choses du quotidien. Le culte des objets m'a toujours paru tenir de l'infantilisme ou du fétichisme. Objets inanimés, vous n'avez jamais eu d'âme ! Vous n'êtes que mort-nés. Gisants de nos espoirs, pierres tombales de nos instants, nos illusions momifiées. Dans ma chambre, à Paris, il n'y a que des livres autour de mon lit, que des âmes d'encre encloses dans leurs rêves de papier.

Je me lève et je vais à la fenêtre. L'erg est figé dans son cuivre roux. Au sommet de la première dune, je distingue une petite silhouette. Si matin ! Est-ce un garçon ou une fille ? J'enfile une chemise et mon jean et quitte ma chambre. L'hôtel est désert. La porte d'entrée n'est pas fermée à clef. Dehors, il fait doux et un silence de cristal règne sur la palmeraie. Je grimpe la dune à la hâte. Quand j'arrive à mi-hauteur, la petite silhouette se lève, dévale deux pas dans ma direction, s'immobilise. C'est une fillette. Je m'arrête aussi. J'ai besoin de reprendre mon souffle. Au fur et à mesure de mon ascension, j'ai l'impression que le sable monte graduellement en moi comme du mercure dans un thermomètre. Je fais un effort pour ne pas me laisser choir. Mes jambes de sable ne me portent plus que par volonté. La fillette recule lentement, regagne son perchoir de crête. Elle est très brune, mais je ne perçois pas encore ses traits. Je reprends mon escalade vers elle.

– Bonjour, dis-je lorsque j'atteins enfin le sommet.

Elle me sourit. Neuf ans, dix ans, pas plus. Elle a des yeux sombres, longs et obliques. Des cheveux frisés auréolent son fin minois. Je me laisse tomber, à quelques pas d'elle, corps de sable coulé dans le sable.

– Tu es français, toi ?

– Oui.

– Pourquoi il est pas venu avec toi, Yacine ? ! s'inquiète-t-elle avec une note de déception dans la voix.

– Qui est Yacine ?

– Tu es pas son ami ? Quand je t'ai vu, j'ai cru que c'était lui. Tu as les cheveux jaunes, comme lui.

– Non. Je ne le connais pas.

– Toujours ses amis, ils viennent le voir du Tell et même de Lafrance, des fois.

– Je ne le connais pas, répété-je bêtement, navré d'une telle lacune.

– Il devait venir avant-hier matin. Mais il est pas venu. Je suis venue l'attendre ici, même le soir et même hier. Il est pas venu. Il devait m'apporter le livre d'un Algérien de Lafrance, un migré. Il est pas venu. Il a dit que c'est un livre pour tous les enfants, de Lafrance et d'ici. Il est pas venu.

Sa peine s'accroît un peu plus chaque fois qu'elle dit « il est pas venu ». Sa lèvre inférieure en tremble faiblement.

– Tu sais, les garçons oublient parfois leurs promesses…

– C'est pas un garçon ! C'est un docteur ! Il oublie pas, lui ! Il ment jamais !

Elle a crié. Au lieu de la consoler, je l'ai offusquée. Elle me le signifie en m'opposant une mine renfrognée.

– Un docteur qui soigne les malades ?

Elle hausse les épaules. De dépit ou du fait de l'absurdité de ma question ?

– Alors sa voiture, elle doit être en panne, décrète-t-elle pour ajouter aussitôt : parce que lui, il peut pas être malade. Il est docteur.

– Écoute, j'ai besoin de consulter un médecin. Si tu me dis où est son cabinet, j'irai le voir. Comme ça je pourrai te renseigner.

– Mais il est pas ici ! Il est docteur à l'hôpital d'Aïn Nekhla, le village à côté.

– Eh bien, j'irai à Aïn Nekhla.

– C'est vrai, tu iras à Aïn Nekhla ? s'enquiert-elle dubitative.

– Oui, je te le promets.

Cela semble la réconforter.

– Et il vient te voir le matin de si loin ?

– Il fait des dessins, même avec de la peinture. Des fois, il dort à l'hôtel et il vient dessiner les palmiers, les dunes et le soleil quand il se lève. Des fois, il vient aussi quand il se couche. Une fois, il m'a dessinée longtemps. Il veut me donner le dessin. Moi je voudrais beaucoup. Mais j'ai peur.

– Peur de quoi ? Peur du dessin ?

– Nooonnn !

Elle rit de mon ignorance avant de continuer :

– Chez moi, ils crieront. Ils me taperont. Ils me laisseront plus sortir. Ils me couperont de l'école.

– Alors tu as raison d'avoir peur. Il ne faut pas qu'ils voient ce tableau.

– Yacine aussi, il dit « tableau ».

– Tu l'aimes, ce portrait ?

– Oui. Mais c'est pas comme une photo. Comme si je me voyais dans un rêve... Yacine, il dessine tous les matins. Des fois, il fait que mélanger les couleurs, mais

34

c'est joli quand même. Quand le soleil monte, il dit :
« y a plus rien à faire qu'à aller travailler ! » Alors il va
faire le docteur à Aïn Nekhla. Mais là, il devait venir et
il est pas...

Elle n'achève pas sa phrase et baisse les yeux. D'un
index embarrassé, elle fouille le sable. Puis, comme se
remémorant tout à coup quelque chose, elle se retourne
et scrute l'erg. Je ne vois rien dans cette direction ;
dunes rousses dans la douce lumière du matin, jusqu'à
l'infini.

— Elle est partie à cause de toi ! constate-t-elle, un
doigt pointé vers le large de l'erg.

— Qui ai-je fait partir ? Il n'y a aucune trace de pas.

— Elle, elle fait pas de trace quand elle marche !

— Qui, elle ?

—...

— Qui ai-je fait fuir ?

Elle a un sourire énigmatique mais ne répond pas. Je
n'insiste pas de peur de l'irriter encore.

— Tu vas à l'école ?

Elle opine.

— C'est à l'école que tu apprends le français ?

— Oui, depuis trois ans. Mais moi, je l'apprends
depuis quatre ans, beaucoup à la maison pour lire les
lettres de ma sœur et lui écrire. Les autres, ils lui écri-
vent jamais.

— Où est-elle, ta sœur ?

— Dans Lafrance.

— Ah bon !... Et pourquoi es-tu seule à lui écrire ?

— Mon père, il sait pas écrire et puis il l'a disputée. Il
sait lui envoyer que des malédictions. Mes frères l'ont
disputée aussi, même ceux qui ont pas...

Elle termine sa phrase en faisant, de la main, un
geste enveloppant autour de son visage.

— Même ceux qui n'ont pas la barbe ? Qui ne sont pas
islamistes ?

— Oui, trois ont pas la barbe et sont pas islamistes
mais ils l'aiment pas quand même.

— Et pourquoi ? Que leur a-t-elle donc fait ?

– Elle aime pas obéir et elle veut pas se marier. Ils ont trouvé beaucoup de maris. Mais elle, elle dit toujours non. Elle fait toujours des études, maintenant dans Lafrance. Et après elle veut plus venir. Elle est pas venue…

Elle me montre sa main droite, doigts écartés. Sa lèvre inférieure se remet à frémir.

– Depuis cinq ans ? C'est long cinq ans, n'est-ce pas !

– Oui, c'est pour ça que je m'applique en français. Quand je sors de l'école, je vais dans la maison de Ouarda, la femme de Rabah. Elle est maîtresse au collège.

– On dit professeur.

– Oui, professeur. Je me suis louée chez elle. Je garde son bébé. Pas pour l'argent, pour qu'elle m'apprenne. Je travaille beaucoup seule, aussi, et je lui montre quand elle a du temps. Elle est très gentille. Elle dit que je fais de grands progrès. Très vite. C'est calme dans sa maison. Toujours son mari, il va travailler loin. Alors je dors chez elle. Parfois je dors même quand il est là. J'aime dormir là-bas. On parle de ma sœur Samia. Je lui écris. Et puis Ouarda me fait lire. C'est bien !

Sa mine, maintenant réjouie, ne laisse aucun doute quant à sa connivence avec cette enseignante.

– Tu dis « c'est calme dans sa maison ». Est-ce qu'il y a beaucoup de bruit chez toi ?

– Oui, j'ai trop de frères. Ils font trop de bruit. Ils se disputent tout le temps. Ils me disputent et ils disputent même ma mère. Ils me disent toujours : « Tu sors pas ! Travaille avec ta mère ! Apporte-moi à boire ! Donne-moi mes chaussures ! Repasse mon pantalon ! Baisse les yeux quand je te parle ! » et encore et encore et tu multiplies par sept. Ils crient et me donnent que des ordres. Parfois, ils me frappent. Ma mère, elle, elle est contente quand je suis avec Ouarda parce que je peux lire et faire les devoirs d'école. Mais elle dit aussi : « Obéis à tes frères, sinon tu es pas ma fille ! »

– Samia est ta seule sœur, n'est-ce pas ?

36

Elle acquiesce et s'assombrit.

— Tu es sûre que Samia ne manque pas aux autres ?

— À ma mère, oui. Des fois, ma mère, elle pleure et elle cache ses larmes. Si mon père voit ses larmes, il crie et dit qu'il veut plus qu'on lui parle de Samia, jamais ; que si elle vient, il la tue. Le facteur, il me laisse toujours ses lettres dans la maison de Ouarda. Mais trois fois que j'étais seule avec mon père dans la rue, il m'a dit comme ça : « Ta sœur va bien ? » J'ai eu très peur de lui. Je voulais rien dire. Mais il avait pas les yeux méchants. Ils étaient tristes, ses yeux. Alors j'ai dit oui, seulement de la tête, comme ça il pouvait rien me reprocher. Parfois, mon père il fait :

Elle pousse un long soupir.

— Et il dit « Ya Allah ! ». Alors moi je dis : il pense à Samia et il veut pas l'avouer. Quand ma mère parle d'elle, mes frères, ils disent que Samia est une putain. C'est pas vrai ! Samia, elle veut seulement étudier et marcher dans les rues quand elle veut et être tranquille. Mes frères, eux, ils pensent à elle que pour l'insulter. Des fois, ils me disent : « Toi, tu iras jamais à la 'versité ! On te laissera pas faire comme Samia ! »

L'université ?

— Oui, l'université.

— Ils ont peur que tu suives le même chemin que ta sœur ?

— Oui le même chemin parce que moi, je travaille très bien à l'école.

— C'est magnifique !

Elle a un sourire fier et radieux.

— Mais Ouarda, elle me dit toujours : « Travaille bien et dis rien à ton père et à tes frères. » Elle dit que j'irai étudier, même après l'université si je veux. Mes parents l'aiment bien. Ils écouteront ce qu'elle leur dira. Et puis, ils seront très vieux ! Ouarda, elle dit ça.

— Elle a sans doute raison.

Le soleil s'est levé et commence à chauffer. Nous restons silencieux durant un moment. Ses yeux fouillent de nouveau attentivement l'erg.

– Qui cherches-tu?

– Même quand c'est Yacine, elle s'en va.

– Tu ne veux pas me dire qui est-ce qui marche sans faire de trace?

– ...

– Tes parents te laissent venir ici aussi tôt?

– Ils le savent pas. Je viens quand je dors chez Ouarda. Le soir, quand ils me trouvent pas à la maison, ils croient toujours que je suis chez elle. Mon père, lui, est toujours au café. Il joue aux dominos. Ma mère, elle, elle travaille dans la maison. Elle sort pas.

– Et tes frères?

– Mes frères, ils peuvent pas venir me vérifier chez Ouarda. Ils ont du respect pour elle. Eux, deux travaillent, trois sont *hittistes* [1] et les deux plus petits, ils sont encore à l'école. Mais ils sont trop fainéants. Ouarda elle dit que s'ils continuent comme ça, ils seront renversés de l'école.

– Renvoyés?

– Oui, renvoyés. Quand Ouarda le dit à mon père, il les frappe avec sa ceinture. Il crie : « Vous voulez être comme moi? Vous voulez me tuer? » Mais eux, ils continuent comme avant.

– Et ta maman, qu'est-ce qu'elle en pense?

– Ma mère, elle dit comme ça que c'est « la misère qui fait ça ». Elle dit que l'Indépendance, elle est injuste. Des fois elle est si triste, alors elle dit qu'Allah, lui aussi, il est injuste. Quand elle dit ça devant eux, mes frères islamistes crient et la disputent. Ils disent qu'elle ira en enfer. Moi, je veux pas. Tu crois qu'elle ira en enfer, ma mère?

– Mais non! L'enfer n'existe pas.

– Toi, tu es de Lafrance. C'est pas la même chose. C'est pas le même enfer... Ma mère elle, elle fait toujours ça.

---

1. *Hittistes* : ceux qui «tiennent les murs»; les chômeurs, les laissés-pour-compte.

Elle illustre ses paroles par un haussement d'épaules avant de continuer :

— Et elle dit : « L'enfer c'est tous les jours, c'est maintenant. » Elle dit qu'après, dans la mort, elle sera tranquille.

Elle se lève, tout à coup.

— Je dois aller boire mon café. Après, je vais à l'école.

— Je t'invite à prendre le petit déjeuner avec moi à l'hôtel. Veux-tu ?

— Non, je peux pas. Les gens qui travaillent à l'hôtel, ils le diront à mes frères. Ils me taperont.

— Tu crois qu'ils leur diront ?

Elle fait un oui vigoureux de la tête et s'éloigne en courant. Brusquement, elle s'arrête, se retourne vers moi. Inondée de soleil, un pied planté dans le sable, l'autre y traçant des arabesques d'un gracieux mouvement de la cheville, elle est d'un miel sombre et ses cheveux jettent des reflets violets. Sa robe jaune flotte autour d'elle comme une aile de papillon.

— Tu le trouves grand, l'espace du Sahara ?

— Oui très. C'est même l'un des plus grands après les océans.

Elle me fixe avec perplexité avant d'ajouter :

— Dans ses lettres, Samia, elle dit qu'elle marche tout le temps dans les rues. Il faut marcher pour le trouver, l'espace ? Comme les nomades ?

— Peut-être.

De toute évidence, ma réponse la laisse sur sa faim. Elle demeure un instant indécise.

— Ouarda, elle dit que là-bas aussi, Samia, elle a pas son espace parce qu'elle est une étrangère et que Samia est une étrangère partout. Ouarda, elle dit que beaucoup de gens sont comme ça. C'est vrai ?

— Peut-être.

Elle me lance un regard courroucé et explose :

— Pourquoi tu dis toujours « peut-être » ? Toi, tu es grand, tu viens de Lafrance. Toi tu sais !

— C'est parce que, vois-tu, je sais que le mot peut-être est souvent un espace plus grand que la certitude. Je veux dire plus grand que le fait de toujours tout savoir.

Comprend-elle ma réplique ? S'en accommode-t-elle par nécessité ? Elle se tourne vers l'erg, demeure un instant recueillie avant de poursuivre :

– Ouarda, elle dit que le rêve aussi est un espace.

– Ah ça oui ! C'est même le plus grand des espaces ! Cela la satisfait tout à fait. Elle repart en courant.

– Attends ! Attends ! dis-je, plus fort que je ne l'aurais voulu.

D'un bond, elle me fait face.

– Comment t'appelles-tu ?

– Dalila.

– Dalila, c'est très joli.

Elle rit.

– Et toi ?

– Je m'appelle Vincent.

– Ça veut dire quoi, Vincent ?

– Rien, c'est le nom d'un saint, comme un marabout.

– Alors il faut dire Sidi Vincent ?

– Sidi ?

– Oui, pour les marabouts, on dit « Sidi ».

– Mais je ne suis ni un saint, ni un marabout !

Elle a un rire, comme une roulade de rossignol. Elle pointe vers moi un index :

– Tu as promis d'aller voir Yacine !

– Oui, oui, j'irai demain. Aujourd'hui, je veux me promener un peu ici. Je suis arrivé hier soir, seulement.

Elle se remet à courir. Je la regarde dévaler la dune avec regret. Arrivée en bas, elle s'arrête, se retourne, me fait signe de la main et reprend sa course.

Je reste là, allongé dans le sable. La rumeur du village me parvient, maintenant. Il fait un si bon soleil. Le ciel est immense, d'un pervenche intense. Quel est le pays des gens des rêves de Dalila ? Il faudra que je le lui demande.

Ce ne serait pas une si mauvaise idée que d'aller consulter ce médecin. Je dois faire vérifier ma tension et mon taux de créatinine de temps en temps. Autant aller chez ce « docteur Yacine ». Hier soir, j'avais repéré Aïn Nekhla sur la carte. Ce n'est guère loin d'ici. Ce matin, farniente et promenade.

La faim me prend. Je me lève et me dirige vers l'hôtel.

III

SULTANA

– Yacine m'avait dit que tu connaissais cette maison,
me lance Salah en introduisant la clef dans la serrure.

– Oui, j'y venais très souvent durant mon adolescence. J'étais malade et le docteur Challes, le médecin
d'alors, s'était beaucoup occupé de moi.

Porte ouverte, Salah s'efface pour me laisser entrer.
Une odeur de peinture nous accueille. Cette maison...
Sous son emprise, ma mémoire s'affole entre passé et
présent. Le temps subit une contraction, une condensa-
tion. Yacine est là, passé et présent. Ses peintures ont
investi les lieux. Je retrouve l'esthète dans sa capacité
de mettre en scène, de sanctifier les objets utilitaires.
En quelques mouvements, quelques touches, il leur
confère l'insolite et la noblesse de l'art.

Durant tout mon voyage, j'ai attendu cet instant.
J'attendais de pouvoir pénétrer ici et de refermer la
porte derrière moi, de tenter de recomposer un passé
émietté : quelques îlots de bonheur rongés par des
années d'autisme et d'aphasie et les brisures des
absences et des départs. Salah me dérange. Il erre sans
but d'une pièce à l'autre. C'est à peine si, par moments,
nous nous effleurons du regard. Quel tourbillon de pensées l'emporte vers Yacine, lui ? Est-ce que ma présence

le gêne aussi ? Comme j'aurais aimé me retrouver seule.

Un autre homme, Paul Challes, me vient de plus loin. Aussitôt, mes oreilles se mettent à résonner de la voix de la Callas, des lieder de Schubert, et de Mozart. Les médicaments ne pouvaient rien pour moi, rien contre l'anorexie mentale et les maux de la solitude. Adolescente, j'ai eu la chance d'avoir un médecin mélomane et poète. Il agissait en charmeur de serpents, réussissant, pour un temps, à neutraliser les reptiles qui nichaient dans mes friches. Durant mes vacances, durant tous mes instants libres ou noirs, j'allais vers eux, sa femme et lui. Jeanne était sage-femme. Elle régnait sur une rotonde et des nuées de gros ventres, sans cesse renouvelés. Plaintes et vagissements, sexes vomissant. Dans les cris de naissance, je percevais, j'entendais les hurlements de la mort. Je m'enfuyais vers l'autre aile de l'hôpital. Je me réfugiais auprès de Paul. Je rédigeais des ordonnances sous sa dictée. Je faisais des pansements sur ses indications. J'insistais sur ses directives auprès de patients dont je soupçonnais la négligence... Je me dissolvais dans l'intensité de son activité. Les douleurs, les gémissements des autres m'apaisaient.

Travail terminé, Jeanne et lui m'emmenaient avec eux, ici. Tout en écoutant de la musique, ils déjeunaient, prenaient le thé, mangeaient des gâteaux ou des galettes offerts par leurs patients. Moi, je déjeunais de musique sans thé, sans gâteaux. La musique me remplissait. Elle envoûtait, endormait mes reptiles. Elle insufflait son relief et son mouvement dans mon désert intérieur.

Souvent aussi, Paul Challes nous lisait des poèmes : Rilke, Rimbaud, Nerval, Saint-John Perse. De ce dernier, j'aimais particulièrement entendre « Vents » :

> *C'étaient de grands vents sur toutes*
> *faces de ce monde,*
> *De très grands vents en liesse par le*
> *monde, qui n'avaient d'aire ni de gîte,...*

Aussitôt, j'étais aspirée. J'étais le grain de sable qui, pris dans cette ivresse démesurée, vole et nargue les terres percluses du désert. J'étais la brindille morte qui se remet à chanter. J'étais la goutte d'écume emportée par le délire d'un typhon... Le premier de mes appétits m'est venu par l'ouïe. Les sons, les voix, le silence et le vent ont forcé l'étoupe de mes oreilles, m'ont injecté des goulées d'air salvatrices. Puis, les mots de mes propres lectures, goutte-à-goutte de lumière et de sens sur mes sens opprimés et confinés dans leurs confusions. Alors malgré l'irrépressible nausée que j'avais de la vie, malgré la folie toujours agriffée aux limites de mes rejets, ce rapport ténu au quotidien m'a ancrée dans une survie, aux frontières de la réalité, longtemps.

– Que fais-tu plantée là avec ces yeux de chien perdu ? Donne-moi ça.

Salah me décharge de la valise que je porte encore en bandoulière. Je reste comme une sotte, bras ballants, vissée au milieu de la pièce. Je lève la tête vers le mur en face de moi. Une fresque le couvre entièrement. Elle me préoccupe depuis mon entrée. Je fais deux pas vers elle. Deux pas dans un flou rouge. Je la regarde sans la voir. Mes yeux sont ailleurs, dans l'épaisseur de l'émotion qui afflue.

– Pourquoi l'a-t-on enterré ici ?

– Où aurais-tu voulu qu'on l'enterre ? rétorque Salah, surpris par ma question.

– On aurait pu l'enterrer à Oran. Il aimait tant Oran.

– Depuis ton départ, il n'a cessé de sillonner le désert. Il en était tombé amoureux. Et puis ici ou ailleurs, quelle importance ! Il n'est plus.

– Cette maison a réuni deux des hommes qui ont le plus compté pour moi.

– Hum, réuni ? Pourquoi as-tu quitté Yacine s'il a tant compté pour toi ? Je n'ai jamais rien compris à votre histoire.

–...

Ils n'ont tous que ce mot à la bouche : comprendre. Comment expliquer ce qui relève du mystère ? Avant

Yacine, je regardais sans voir. Mes yeux, couverts d'une pruine tenace de mélancolie, je les avais mis au rebut, dans le grenier de mes rejets. Depuis si long-temps qu'ils étaient ainsi, mes yeux, comme deux fruits pourris sur leur branche. Je ne sais par quel hasard, un jour, je les ai retrouvés au fond de ceux de Yacine. Immergés dans les siens, ils s'y sont frottés, décrottés de l'abstinence, de l'aveugle absence, l'absence de tout qui est comme un trou dans le néant. Ils me sont revenus avec des paillettes de joie sur un lustre d'insolence. Avec des frissons inconnus. Avec enfin, une possible espérance, encore sans objet. Avant Yacine, je ne supportais que la nuit. La nuit qui effaçait le désastre du jour. La nuit chambre obscure où j'essayais de développer le film de songes imprécis pour échapper à la honte et à la culpabilité d'être res-tée en vie. Des yeux de Yacine m'est venue la lumière, sans que je l'y ai cherchée. Alors le ciel s'est élevé, s'est déployé en symphonies : l'aube tremblait comme un do dans un instant de nacre. Les diamants du zénith explosaient en feux d'artifice. Les violons du crépuscule étiraient leurs soupirs jusqu'à la flam-bée du désir. Le rire de la lune effeuillait les étoiles. Au contact de la peau de Yacine, j'ai connu la mienne, sa sève et son grain, ignorés, les longues décharges et les courts-circuits du plaisir. Peut-être avions-nous réappris à voir ensemble ou l'un par l'autre comme deux grands malades qui, lentement, revenaient par le même regard, vers la vie. Maintenant, je le crois. Depuis, l'autre avait beau être loin, il était toujours là dans cette attention même, portée seulement à vivre l'instant libéré. Depuis, du fin fond de mes peurs, j'observe le monde à travers la lumière des yeux de Yacine.

— Yacine m'avait dit que souvent tu ne répondais pas aux questions.
— Lui, ses questions n'étaient jamais qu'un tressaille-

ment dans ses yeux. Je crois que cette retenue a fait la force de notre amitié.

– Est-ce que tu parviens à raconter ton enfance, maintenant ?

– Non.

– Yacine s'est établi ici pour peindre le désert et essayer de te faire revenir. Il disait « guérir ». Je crois qu'il avait fini par découvrir des choses sur ton passé.

Je me tourne vers lui. Il a ouvert la porte-fenêtre donnant sur la terrasse. Dos contre la balustrade, il guette mes réactions. Je demeure impassible.

– Pourquoi l'as-tu quitté ? répète-t-il.

– Je venais de renaître et j'éprouvais, tout à coup, une si grande faim de vivre… Peu à peu, les menaces et les interdits de l'Algérie me sont devenus une telle épouvante. Alors j'ai tout fui. Une fuite irraisonnée lorsque j'ai senti poindre d'autres cauchemars.

– Comment faut-il interpréter tes silences ?

– Comme des réponses. Comme des défenses ouvertes ou fermées, selon.

– Je crois que tu es une femme d'excès.

– Une femme d'excès ? Le sentiment du néant serait-il un excès ? Je suis plutôt dans l'entre-deux, sur une ligne de fracture, dans toutes les ruptures. Entre la modestie et le dédain qui lamine mes rébellions. Entre la tension du refus et la dispersion que procurent les libertés. Entre l'aliénation de l'angoisse et l'évasion par le rêve et l'imagination. Dans un entre-deux qui cherche ses jonctions entre le Sud et le Nord, ses repères dans deux cultures.

– Tu parles comme un livre. Tu dissertes ! Tu vois que tu es une femme d'excès : silence ou longue tirade. Les Occidentaux t'ont contaminée avec leur *tchatche* et leurs poses savantes.

– J'ai des mètres et des mètres, tout prêts, de cette tirade-là. Tu sais, cet entre-deux mijote dans ma tête en permanence.

– Comment as-tu appris sa mort ? Je n'avais pas tes coordonnées mais je savais les trouver ici. Tout à l'heure, dans l'avion, je me suis demandé si j'allais te prévenir. Je ne l'aurais peut-être pas fait. Malgré les certitudes de Yacine, je pensais qu'il t'était indifférent. Je ne m'expliquais pas autrement ton comportement.

Les « certitudes de Yacine » me font du bien. Un bien immense. Le tremblement du doute qui étouffe la voix de Salah, aussi.

– J'ai appelé Yacine le lendemain de sa mort.

Il me regarde avec des yeux ébahis. Puis, comme si cette révélation lui était insupportable, il me tourne le dos, s'accoude à la balustrade, face à la palmeraie.

Moi, je reviens vers le mur. Je vois la fresque : une mer de flammes. Une mer agitée. Là où les flammes déferlent, il s'en échappe un peu de fumée. Le ciel est bouché. Une femme, de dos, marche sur les flammes, indemne. Elle laisse derrière elle un sillage blanc et plat comme une route tracée dans la houle du feu. On ne distingue d'elle que sa silhouette en ombre chinoise, enfumée. Yacine a intitulé ce tableau « L'Algérienne ». Sa signature, en bas, a l'air arc-bouté, en marge dans l'attente ou dans l'abandon.

Mais de faibles sanglots m'arrachent à la violence de cette peinture. Secoué par les pleurs, Salah m'émeut. Je m'approche de lui. Son dos me paraît gigantesque. Ses soubresauts me fascinent. Je le fixe sans oser le toucher. Quand je parviens enfin à poser ma main sur son épaule, il fait brusquement volte-face, me prend dans ses bras et sanglote de plus belle.

– Comment se fait-il que tu l'aies appelé justement ce jour-là ?

– Je ne sais pas. Une insomnie. Un cafard d'automne. La solitude. Un vent fort. Ce que l'on nomme le hasard.

– Pas une prémonition ?

– Prémonition ? Sornettes ! La nostalgie et l'envie de revoir Yacine me taraudaient depuis quelque temps. De fait, cette envie ne m'a jamais quittée. Je la différais. Je la noyais dans d'autres, plus immédiates. Elle refaisait toujours surface... J'avais reçu un petit mot de lui quelques jours auparavant.

– Je te déteste pour tout ce que tu lui as fait. Je déteste la perversion de ton prétendu amour. Un amour à la française, qui fait son chichi.

Ah oui ? Et c'est comment l'amour à l'algérienne ?

– L'amour à l'algérienne ? Macache ! Macache ! Passé au gibet du péché. Mais toi, la femme libre, ton amour est vide de cœur, tout en méninges. Tu ne vis que par tes sensations, dis-tu ? *Oualou* [1] ! Même ton silence est calculé, calibré. Un comportement d'Occidentale ! Tu ne sais pas parler comme les vrais Algériens. Nous, on parle pour ne rien dire, on déblatère pour tuer le temps, essayer d'échapper à l'ennui. Pour toi, l'ennui est ailleurs. L'ennui c'est les autres. Tu as des silences suffisants, des silences de nantie. Des silences pleins de livres, de films, de pensées intelligentes, d'opulence, d'égoïsme... Nous, nos rêves affamés nous creusent. Nous nous serrons au pied des murs et nous adonnons à l'invective, seulement pour résister dans une Algérie en carême, en proie à tous les démons derrière sa barbe qui grouille de morpions. Toi, tu as dévoré Yacine. Même absente, tu avais une mainmise extraordinaire sur sa vie, sur sa peinture. Tu étais en même temps sa « dette » et son « FMI », son Nord arrogant qui le rejetait au sud du Sud, dans le désert de ton indifférence. Je te déteste pour n'avoir été là que pour l'enterrer. Tu n'es revenue que pour t'éprouver dans un lieu et dans un deuil qui ne sont pas les tiens ! Je déteste tout ce que tu es !

Il hoquette ces mots en totale discordance avec sa voix qui semble prier, avec ses bras qui me serrent à me faire mal. Je tente de me libérer de lui, sans succès. Une vraie détresse d'enfant.

– Voilà que tu dissertes, toi aussi, ironisé-je.

Il hausse les épaules. Ses larmes mouillent ma joue. Ses bras me tiennent captive. Je caresse son dos pour le calmer. Je me berce dans son étreinte et dans sa peine.

1. *Oualou* : que dalle !

Derrière lui, je découvre le jardin, ses palmiers, ses aloès qui surgissent du sable. Ce grenadier là-bas... je me rappelle que c'est Jeanne qui l'avait planté. Pour moi. Maintenant, c'est un bel arbre, couvert de grenades or et sang. La grenade est vraiment le plus beau des fruits. Au-delà, l'oued et la palmeraie, comme avant.

– Yacine était comme moi, dis-je. Un être de rupture... Lorsqu'on est ainsi, toutes nos sensations sont si exacerbées qu'on paraît toujours dramatiser. Aux yeux des autres, on est en permanence dans le ridicule ou le pathétique. On est en même temps et si profondément dans la vie et dans la mort, dans le pessimisme et dans la vitalité, dans le paradoxe et dans le contraste. La douleur est toujours le cœur de la joie. Les peurs en sont les pulsations.

– Aurais-tu souffert d'amour, toi aussi ?

– ...

– Qui est-ce ?

– ...

– Yacine était mon ami de toujours, mon frère. J'avais une si grande admiration pour lui. Depuis mon divorce, nous passions la plupart de nos week-ends ensemble, ici ou à Oran. Alger est invivable.

Il s'est apaisé peu à peu. Nous ne disons plus rien. Nous restons simplement là, l'un contre l'autre. Il finit par redresser la tête. L'écartant de moi, il scrute mon visage, porte la main sur ma joue.

– Ce sont tes larmes. Moi, je n'arrive jamais à pleurer. Un autre excès sans doute.

Sa main sculpte mon visage. Sa main tremble un peu. Je m'y abandonne toute. Le jaune de ses yeux, mouillé, est un trouble magnifique. De nos corps soudés, de nos regards qui se sondent, monte un vertige. À mon insu, mes mains s'appesantissent sur son dos. Les bras qui m'enlacent ne sont plus ceux d'un enfant. Contre mon ventre, je sens son érection. Je fais un effort pour m'arracher à lui.

– Je te déteste pour cela aussi, dit-il avec un sourire crispé.

Je regagne le salon.

— Veux tu un peu de vin ? me demande-t-il.

— J'ai du whisky dans ma valise.

— Du whisky ? Luxe émigré !

Je vais en chercher. Salah apporte des verres.

— Au *trabendo*, une bouteille de whisky coûte autour de mille dinars, le tiers d'un salaire de smicard. Remarque que l'Algérien ne prend jamais un verre, il se soûle. Alors il vaut mieux qu'il se rabatte sur une bibine quelconque. Son porte-monnaie y risque moins. Du reste à quelques exceptions près, le vin algérien n'est plus que piquette. Nous sommes les rois, quand il s'agit d'autodestruction et de régression.

— Et de détestation des femmes !

Il a un rire nerveux :

Oui, avant tout, pour nous empoisonner à la source. Nous n'avons cessé de tuer l'Algérie à petit feu, femme par femme. Les étudiants mâles de ma génération, les élites *zaâma* [1], ont participé au carnage. Nous nous sommes d'abord fourvoyés dans le mensonge et l'imposture. Faux, nos vêtements Mao et nos gargarismes révolutionnaires ! Nos études terminées, nous les avons remisés, jetés aux mites avec nos légendes de chiffon. Nous avons abandonné celles qui avaient eu l'imprudence, le malheur de nous aimer à l'université. Qu'étaient-elles venues chercher à l'université, celles-là ? La débauche du savoir. À la fin de nos études, nous, jeunes hommes de « grandes tentes », virilité auréolée du désespoir des abandonnées, nous endossions le burnous de la tradition pour goûter aux pucelles incultes que nous choisissaient nos familles. Mais dès que les tambourins de la fête se taisaient, nos jeunes épouses nous paraissaient insipides et niaises. Alors nous fuyions nos maisons. Nous hantions les bars, la lâcheté et même, du moins pour certains, les recoins les plus infâmes de nos âmes. Nous nous sommes installés dans la magouille et la schizophrénie. Nous avons tout fait

1. *Zaâma* : interjection exprimant la dérision.

dans le désamour, même nos enfants. Ensuite, ceux d'entre nous qui n'ont plus supporté cette vie-là, ont tous fui vers l'étranger. La belle affaire ! Tu sais, autant je comprends que les femmes aient envie de quitter ce foutu pays, autant je condamne les élites mâles qui le font. Je trouve leur lâcheté sans limite. Si jamais il leur reste encore une once de conscience, ils devraient revenir réparer ce qu'ils ont laissé faire tant qu'ils n'étaient pas touchés, tant que les privations et les barbaries n'étranglaient que les femmes. Ils doivent revenir pour affronter enfin la gangrène des mentalités. Heureusement qu'il y avait parmi nous quelques exceptions. Yacine en était.

– Et toi ?

– Moi, je me suis conduit comme un idiot. Il y a vingt ans, j'ai abandonné celle qui m'aimait pour un mariage arrangé par ma famille. J'ai divorcé il y a quelques mois, après avoir travaillé au malheur de tout le monde, à commencer par le mien.

– Je te trouve dur. Avant que je ne quitte l'Algérie, à la fin des années soixante-dix, les mariages entre étudiants devenaient de plus en plus nombreux.

– Hum.

– Et toi, entre l'abandon de ton amour et le divorce d'avec les conventions, comment te débrouilles-tu à présent avec cette « détestation » des femmes ?

– Je m'en soigne avec vigilance. Nos diplômes, nos vêtements étaient censés être des gages de notre modernité. De fait, la misogynie nous restait chevillée dans l'inavoué. Maintenant, je l'énonce et la dénonce. Mais il n'est guère facile de se débarrasser des préjugés qui t'ont saisi à l'état de larve dans le giron de ta mère, avec son lait, avec sa voix et dans sa joie attentive.

Durant un moment, il s'enferme dans de sombres cogitations. J'évite de le regarder. Il m'est, tout à coup, si proche par sa fragilité, par ses remises en question et par l'inattendu du désir. Le whisky me remet les idées en place. Mes yeux explorent la pièce. Adossés au mur, plusieurs tableaux. Couchers de soleil aux fureurs tourmentées et palmiers plus ou moins éclaboussés. Motifs et objets berbères... Seul dans un coin, le portrait d'une fillette. Ses yeux en amande imprègnent ses traits d'un étonnement rêveur. Dans la nuit de ses cheveux, qui tire-bouchonnent comme les miens, est piquée une minuscule étoile, comme un voyant allumé par le songe qui la consume. Derrière elle, le ciel est un ruissellement de bleu.

– C'est Dalila. Yacine adorait cette enfant. Il va falloir aller lui apprendre sa mort. Je ne sais comment m'y prendre. Viendras-tu avec moi ?

J'acquiesce. À quoi rêve-t-elle, Dalila ? Quel mirage parvient-elle à opposer à l'ennui ? Que sait-elle de la mort ?

– Tes parents sont enterrés ici ?

– Donne-moi une cigarette, s'il te plaît.

On frappe à la porte. Salah se lève et va ouvrir. C'est Khaled qui vient nous convier au dîner des funérailles. Malgré son amabilité et son insistance, je n'ai aucune envie de bouger d'ici.

– Vas y Salah, si tu veux. Moi, je suis fourbue. Je me suis levée aux aurores. Je me sens incapable d'affronter qui que ce soit. Je reste ici.

– Je vais aider Khaled à emporter les plats de couscous à la mosquée et je reviens.

– Oh, il y a assez de monde à la maison pour ça. Je voulais seulement que vous soyez avec nous, tous les deux.

– Alors pardonne-moi, Khaled, mais je vais rester aussi.

Salah se laisse choir sur une banquette. Khaled hésite, nous observe et finit par conclure avec déception :

– Eh bien, je vais vous faire apporter du couscous. Bonsoir, à demain.

– Tu bois un whisky avant de partir ?

– Non merci, pas ce soir.

Il sort. La nuit tombe lentement sur la palmeraie. Assise sur le divan, j'aperçois les cimes des palmiers et le ciel qui s'assombrit.

– Pourquoi fais-tu dire des prières pour Yacine ? Tu sais bien qu'il était athée !

– Oui, mais dans le cas contraire, personne n'aurait compris.

– Et alors ?

– Khaled et d'autres pauvres bougres se seraient cotisés pour lui offrir ce qu'ils pensent être un dû aux morts.

– Et alors ?

– Je ne voulais pas de cela, ne serait-ce qu'en raison de leurs faibles moyens.

Le plat de couscous reste pratiquement intact. Nous nous servons d'autres whiskies. L'alcool émousse tout en moi. Il fait nuit maintenant. L'illicite de notre situation me vient subitement à l'esprit. Un homme et une femme, deux étrangers sous le même toit. L'honneur du village est en danger ce soir. Premier retour dans la transgression. Cela me convient.

Salah allume la lumière :

– Je vais te faire le lit dans la chambre de Yacine. Moi, je dormirai sur le divan. J'en ai l'habitude.

Je prends un comprimé pour vite sombrer dans le sommeil. Toute la soirée, je me suis bien gardée d'aller dans la chambre de Yacine, de découvrir ce lit où la mort l'attendait pour le cueillir en traître. « En pleine santé » ? Depuis trois jours, le fil de mon imaginaire est branché sur ce lit. Au fil de mes pensées, un film muet, sans cesse recommencé, bouclé en obsession : allongé à plat ventre, le buste dressé sur l'appui des coudes, le combiné du téléphone à la main, Yacine me parle. Je ne l'entends pas.

Salah est assis par terre, dos contre le mur, genoux repliés. Il raconte sa vie à Alger, la dégradation progressive des conditions de travail à l'hôpital, les violences quotidiennes du FIS qui rappellent les méfaits de l'OAS, l'incertitude des lendemains. Mon esprit erre dans la maison, dans le jardin et dans la palmeraie. Si j'en avais eu la force, je serais allée me promener dans les jardins qui bordent l'oued. Le ciel est un velours scintillant, tendu à la porte-fenêtre. Par moments, il me semble sentir un autre regard posé sur moi. Je n'ose ni le localiser, ni l'affronter, ni analyser l'effet qu'il produit en moi. Je reviens avec attention à la voix de Salah. Je reprends l'écoute de sa narration. Je m'endors sous sa protection. Mais je me réveille en sursaut lorsqu'il essaie de me transporter dans la chambre.

— Attends, attends, je vais y aller.

Je ferme la porte. Allongé à plat ventre dans le lit, le buste relevé sur l'appui des coudes, Yacine me sourit. Une couverture pliée est posée au pied du lit. Je ferme les yeux. Je m'avance vers elle, me baisse et l'attrape. Je la déroule à côté du lit et m'y allonge. Je garde les yeux fermés. Aussitôt, les mains de Yacine, sa bouche, son corps, s'emparent des miens.

Sultana, Sultana !

Salah est penché sur moi.

— Qu'est-ce qui se passe ? !

— Réveille-toi. Il est deux heures de l'après-midi !

Je m'assieds. Je me sens tout en courbatures et en raideurs.

— Si j'avais su que tu allais dormir par terre, je t'aurais laissée sur le divan… Ça ne va pas ?

— J'ai fait l'amour avec Yacine, cette nuit.

— Dormir par terre comme ça, ne t'étonne pas de faire des cauchemars après !

— Mais… ce n'était pas un cauchemar.

— Qu'est-ce que tu veux dire ?

– Ce n'était pas un cauchemar… c'était bien. Yacine était là dans la pièce dès que j'ai franchi le seuil. Il m'attendait.

– Tu dormais debout. Tu sais bien que ce n'est pas possible ! Yacine, nous l'avons mis sous terre hier après-midi !

– Je ne dormais pas. Je te jure que…

– Arrête ça, Sultana ! Allez viens !

Mon corps est de bois, vermoulu. Je n'arrive pas à bouger.

Salah me prend à bras-le-corps et me pousse vers la salle de bains.

– Allez, prends une douche, cela va te réveiller. Qu'as-tu pris pour dormir hier ? Bouleversée comme tu étais, la fatigue, l'alcool et un somnifère… tu as dû avoir des hallucinations ! Enfin ! Tu es toubib, tu sais bien ces choses-là !… Café ou thé ?

– Café… café, s'il te plaît.

– Et des œufs sur le plat et des oranges et des dattes que Khaled a cueillies pour toi ce matin.

– Tu l'as vu ?

– Oui, nous sommes allés au souk ensemble, puis au cimetière pour la *sadaka* [1]… Quand il a su que tu étais toubib, toi aussi, Khaled a suggéré que tu pourrais occuper le poste de Yacine pour les dépanner. Il est fou ! Je n'ai pas jugé utile de lui révéler que tu étais d'ici. Il ne semble pas t'avoir reconnue, en tout cas.

– Tu as bien fait… Le poste de Yacine ?

– Tu ne vas pas faire ça ?

– Pourquoi pas ? Juste en attendant qu'il y ait un candidat. Et puis, j'ai envie de rester quelques jours ici.

– Il peut s'écouler des mois et des mois, avant que…

– Écoute, je vais y réfléchir.

– Non, non, pas ici. Tu ne t'imagines pas comme la vie est rude dans ce bout du monde, même pour un homme. La mise au ban de tous ceux qui sortent du conformisme est rapide, radicale et définitive.

---

1. *Sadaka* : l'aumône.

– Figure-toi que je le sais !

Il me fixe, effaré, et finit par laisser tomber :

– Je te laisse prendre ta douche. Je vais préparer le déjeuner.

Il s'en va. Debout devant la glace, je me regarde. Visage défait, poches sous les yeux. Qui est-elle, celle-là avec sa moue nauséeuse, avec ses yeux si las ?

– Salah !

– Oui.

– Est-ce que tu t'es rasé ce matin ?

– Non, pas encore. Je me suis réveillé avec mauvaise conscience vis-à-vis de Khaled. Je suis parti le retrouver précipitamment. Pourquoi ?

– Le rasoir posé là est tout mouillé.

– J'ai sans doute dû l'éclabousser en me lavant. Bon Dieu Sultana, enlève ces idées morbides et ces foutaises de ta tête !

Son pas dans le couloir et sa voix de colère :

– Allez ouste, sous la douche !

Il entre, me pousse, ouvre le robinet.

– Si dans trois minutes tu n'es pas sortie de là, je reviens te chercher, m'avertit-il avant de repartir.

Je regarde mon tee-shirt, trempé, me coller peu à peu. Je finis par l'ôter, le fouler aux pieds. L'eau glisse sur ma peau comme une main.

On cogne à la porte au moment où nous nous apprêtons à sortir. Bakkar franchit le seuil et, d'une main péremptoire, écarte Salah et s'avance vers moi. Maintenant, je reconnais tout à fait ses traits envahis par une épaisse barbe. Bakkar, maire du village ! Faut-il que les gens soient tombés dans un aveuglement si profond ? Faut-il que l'Algérie soit si viciée pour ne porter au triomphe que des obscurs, des forbans et des violents ?

– Je suis le maire, fait-il avec un débordement d'autosatisfaction.

Je l'observe et j'ai tout le mal du monde à garder

mon sérieux. Ses yeux furètent à travers le salon, accrochent la bouteille de whisky et les deux verres restés sur la table. Ils s'horrifient, reviennent poser sur moi tout l'opprobre du monde, repartent fouiner. Il tord le cou, se contorsionne pour essayer d'apercevoir l'intérieur de la chambre.

– Qu'est-ce que tu veux ?

– Je suis le maire !

Il hurle « Je suis le maire ! » comme un « garde à vous ! ».

Je pouffe franchement.

– Qu'est-ce que tu veux ?

– Je ne veux pas de ça ici ! C'est un logement de fonction, pas un bordel !

– Qu'est-ce que tu veux ?

– Qui es-tu, toi ?

– Une amie du docteur Yacine Meziane.

– Mais qui es-tu ?

– Cela ne te regarde pas.

– Tu as de la chance que j'aie besoin de toi. Sinon je t'aurais envoyé les gendarmes !

– Pourquoi les gendarmes ?

– Prostitution !

– Ah bon ! Pourquoi dis-tu cela ?

– Tu bois de l'alcool et tu dors avec lui ! fait-il en désignant Salah d'un mouvement de tête hautain.

– Ah ah, et pourquoi as-tu besoin de moi ?

– L'infirmier m'a dit que tu es médecin. J'ai besoin d'un docteur pour le village. Mais il faut que tu me montres tes papiers et tes certificats et aussi que tu te tiennes tranquille.

– Je ne te montrerai rien du tout. Pour le poste, j'aurais peut-être essayé de faire quelque chose si tu avais été correct.

– Moi, je ne suis pas correct ? Et c'est toi qui m'insultes ?

– Prends-le comme tu veux !

– Si tu refuses de faire le docteur, je t'envoie les gendarmes !

Salah l'empoigne :

– Ça suffit avec tes menaces ! Fous le camp !

– Tu viens à mon bureau, samedi matin à neuf heures, me lance-t-il, et s'adressant à Salah, et toi tu ne restes pas là ! Tu repars chez toi et tu ne reviens plus !

– Fous le camp !

Il disparaît.

– Toi qui voulais rester, tu as vu un peu de quoi ils sont capables ?

– Je sais qu'ils sont capables de pire encore.

IV

VINCENT

Le ciel d'ici est unique. Il est si grand, si enveloppant, que partout on est dedans et qu'on croit voler simplement en marchant. On se croit grain de poussière
dans une mousse de lumière, poussière de soleil ivre de
miroitements. Ou peut-être un sylphe qui s'en va,
folâtre, aspiré par un immense rêve céruléen. Mais
toutes ces sensations, je veux les vivre sans mysticisme
et sans exotisme. Juste ce qu'il leur faut de temps. Juste
ce qu'il faut à ma joie.

Je marche dans les rues. Je m'étourdis dans les quartiers populeux et bruyants. Je me fonds dans la foule
des enfants. Ils me font cortège. Pieds nus. Regards
nus. Paroles nues. Je m'arrête. Ils se bousculent, se disputent, discutent, s'allient et m'assiègent de rires et de
questions. J'y réponds. Je m'y perds, me reprends. Ils
se moquent. Parfois, des salves de mots, d'une déli-
cieuse perfidie, criblent leur innocence. Elles passent.
Des anges reviennent se poser sur leur front. Un peu
plus loin, curiosités lassées, ils me donnent à d'autres
comme un jouet. Un jouet jouant. Je continue.

Les adultes me saluent, me sourient. Je suis une
attraction. Un adolescent s'attache à mes pas, fait
l'interprète quand nécessaire, m'impose son exclusive

protection. En fin d'après-midi, il est parvenu à décourager tous les autres assauts de sympathie. En fin d'après-midi, nous sommes seuls, frères. Frère despote, il me harcèle, s'impatiente et me somme d'aller « manger à la maison ». Que non ! Que non ! Je résiste et l'invite au restaurant. Plus d'une fois à Barbès, à Belleville déjà, je me suis senti obligé de céder à ces invitations impérieuses et impromptues dont les Maghrébins ont le secret. Mais un couscous ou un tajine, succulents, sans vin ? Cela me semble tenir du sacrilège, moi qui n'ai pas de religion. Pendant quelque temps, je me trouvais confronté à ce dilemme : plat maison, mitonné dans la tradition féminine, et sempiternelle limonade ou mets plat, mais rehaussé de vin, quand la restauration n'est qu'un pis-aller du gagne-pain masculin, maghrébin. Aucun sacrifice. Un ajout d'épices et je concède volontiers un peu de qualité à plus de permissivité. La *gazouz* [1] ? Très peu pour moi. Gascon et chrétien, devenu athée, par mon père ; juif par ma mère, polonaise et pratiquante par solidarité ; maghrébin par mon greffon et sans frontière, par « identité tissulaire », je n'en garde pas moins un noyau d'habitudes grégaires, entêtées. Mon identité butine à son gré, fait son miel et mâtine ses vieux tanins. Elle mélange, accommode. Elle ne renie rien. Je suis un éclectique, un arlequin dirait Michel Serres. Mes fibres juives, par exemple, sont un peu rognées, certes. Mais j'y tiens ! Le samedi, je n'allume le gaz que pour le café du matin. Je ne cuisine jamais. Je vais au restaurant pour y manger ce qui me plaît. Alors du couscous ? Oui, oui. J'aime ça, et je dois à mon rein un environnement alimentaire métissé. Assimilation réciproque exige ! Manger français seulement serait pure colonisation. Gare aux rébellions et risques de rejets. Comment se fait-il qu'atteints jusqu'au tréfonds des viscères, avec satisfaction, par les nourritures étrangères, les racistes ne baissent pas la garde ? Que la saveur des mets

1. *Gazouz* : limonade (de gazeuse).

n'induise aucune sympathie chez les gourmets, me reste un mystère. La langue qui a appris à aimer le goût de la cannelle, du carvi, de la coriandre ou du gingembre, peut aussi bien vitupérer, sans retenue, contre « les bruits et les odeurs » qui les entourent. Question d'estomac ! La cuisine n'a, hélas, pas les vertus des cocktails de médicaments anti-rejet utilisés en transplantation d'organes. Elle ne rend pas plus tolérant.

Bref. Maintenant, je sais. Maintenant quand je ne connais pas les gens, je ne cède qu'au thé. Pour un repas, je prends mes précautions. Du reste mon compagnon est ravi. C'est la première fois qu'il dîne dehors.

– Tu as du vin ? demande-t-il pour moi au garçon.

– Non j'ai pas, mais pour le *roumi* [1], je demande à mon ami. Il va chercher.

Il sort et, au bout d'un instant, revient avec une bouteille cachée dans un chiffon sale. Elle est débouchée.

– C'est tout c'qu'y a, prévient le gargotier.

À prendre donc ou à laisser. J'en sers un verre à mon compagnon. À la première gorgée, il grimace mais n'en continue pas moins. Au bout d'un moment, son visage bistré devient lie-de-vin.

– Le vin va te goutter du bout du nez et des oreilles, plaisanté-je.

Il m'adresse un sourire béat :

– Chez nous, les hommes se cachent toujours pour se soûler.

– Tu es en train de faire une entorse aux us et coutumes, alors ?

Rire coquin. Après un coup d'œil circulaire, il s'exclame :

– Y a personne !

Le vin est médiocre, la bouffe mangeable. À la fin du repas, Moh (diminutif branché de Mohamed, m'explique-t-il avec fierté), se contorsionne, bégaie de confusion et confesse enfin qu'il voudrait m'emmener

1. *Roumi* : romain, et par extension chrétien.

avec lui au bordel. Mon refus le fâche rouge, plus rouge que vin :

– Alors quoi ? T'es pas normal ? T'as pas assez bu ?

Je ne suis pas tout à fait normal, non. Mais cela, je le garde pour moi. Je ne vais pas non plus lui avouer mon envie d'aller admirer le ciel, seul. Alors j'évoque ma peur du sida. Le sida ? Lui, il s'en tape. Les capotes ? Aussi.

– Le sida ne frappe que ceux qui font la nique par-derrière et les mœurs malades de l'Occident ! objecte-t-il sentencieux.

– C'est quoi « les mœurs malades de l'Occident » ? demandé-je naïvement.

– Vous, vous léchez partout, même par en bas comme des chiens ! Nous, on fait ça propre, vite et bien. Et puis les capotes c'est pour ceux qui en ont un fragile de la tête. Moi, le mien est un vrai de vrai, une tête brûlée. Qu'Allah me le protège !

Il m'épate et m'épuise, ce garçon. J'en ai ma dose pour ce soir. Je prétexte que je tombe de sommeil. Et, pour être sûr de me débarrasser de lui, j'accompagne mon bellâtre à destination. L'œil conquérant, il me jette un bonsoir méprisant et s'engouffre dans le temple, du pas du boxeur qui monte sur un ring. Ouf, je suis libre !

Je reviens lentement vers l'hôtel. Il est à peine neuf heures et les quelques cafés ont déjà fermé. J'ai l'impression de marcher dans une ville fantôme. Quelques halos de lampadaires trouent et troublent la nuit. Enfants et adolescents s'y agglutinent. Des gandouras spectrales en sortent et se fondent dans l'obscurité. D'autres y font brusquement irruption. Au faîte des lampadaires, des rondes incessantes de chauves-souris. Parfois, je croise des hommes qui errent en se tenant par la main. Ces attouchements virils leur donnent des allures singulières dans une nuit en peine, privée de femmes. L'absence totale de celles-ci crée ce sentiment d'irréalité. Je ne m'y ferai jamais ! Pressées, affairées, elles traversent le jour, le temps d'une rue, le temps d'un courage, entre deux bornes d'interdit. Le soir les avale toutes. Des murs de pierres ou de terre, des murs de peurs et de censures les enterrent. Je désespère. Les Algériens, eux, palabrent et s'envasent dans l'ennui.

Protégé par la nuit, je passe inaperçu à présent. J'ai la paix. Je vais aller prendre un pot à l'hôtel, ensuite j'irai sur la dune. J'ai souvent pensé à Dalila durant la journée. J'emprunte la rue où, ce matin, je l'ai vue disparaître. Laquelle de ces maisons est la sienne ? Et celle de l'enseignante ? Elles sont toutes fermées. Le silence s'épaissit à mesure qu'on s'éloigne du centre. Sera-t-elle sur la dune demain, Dalila ? Il me faut aller voir ce fameux Yacine.

Je la découvre, je la vois dès que je franchis le seuil du salon de l'hôtel. À mon entrée, elle a un sursaut. Déçus, ses yeux m'abandonnent aussitôt. Je les rappelle, les supplie de me redonner leur charme. Ils m'ignorent. Qui est-elle ? Qui attend-elle ? Un homme est assis en face d'elle. Châtain, la mise élégante. Attentif à ses changements d'expression, il m'observe d'un œil jaune. Tous deux échangent quelques mots. Peut-être à mon propos. J'ai beau avoir bronzé en bateau, mes cheveux blonds et mes yeux bleus m'annoncent étranger. Le mitigé du dedans ne se voit pas et je ne peux brandir ni mes cicatrices, ni ma cartographie HLA [1] pour afficher mon universalité. Elle, elle est la seule femme. Mince, teint chocolat, cheveux café et frisés comme ceux de Dalila, avec dans les yeux un mystère ardent. Regard ailleurs, d'ailleurs, qui jette des éclats sans rien saisir ; qui me fait frémir. Dans quelle profonde énigme pourrais-je le traquer ? Sa moue désenchantée m'a arrêté et figé sur place. Je me fais violence pour parvenir à détacher mes yeux d'elle. J'observe autour de moi. Les autres hommes la regar-

1. *HLA* : Human Leucocyte Antigen, système de groupage tissulaire, l'équivalent du groupage sanguin (système ABO).

dent aussi, ne regardent qu'elle. Peut-il en être autrement ? Dans les yeux des hommes, l'effarement, la
condamnation, l'admiration, la convoitise, les interrogations se croisent et pèsent sur l'atmosphère, sur leurs
voix qui ne sont que chuchotements intermittents. Elle,
elle boit une bière à petites lampées en s'essuyant les
lèvres d'un revers de main machinal. Elle, elle est si
loin dans l'insolite et le différent, si seule dans le
manque. Elle est un défi.

Je m'attable à un endroit d'où je peux l'admirer à ma
guise. Je commande une bière. Hier soir, j'étais seul à
dormir à l'hôtel. Les hommes qui étaient là, probablement cadres et commerçants, sont tous repartis vers la
ville. « L'hôtel de la Sonatour » est le seul lieu où ils
peuvent se retrouver et consommer de l'alcool.

La femme se lève et se dirige vers la porte. L'homme
la suit. La salle se tait. Le barman en reste le geste en
suspens. L'air s'électrise. Je ne voudrais pas être une
femme ici. Je ne voudrais pas devoir porter en permanence le poids de ces regards, leurs violences multiples,
attisées par la frustration. Pour la première fois, je réa-
lise que l'acte le plus banal d'une femme en Algérie se
charge d'emblée de symboles et d'héroïsme tant l'ani-
mosité masculine est grande, maladive. L'atmosphère
m'insupporte. J'aurais aimé aller sur la dune. Je n'ose
pas sortir immédiatement après eux. Je prends ma bière
et demande la clef de ma chambre.

Je n'allume pas. J'ouvre la porte-fenêtre. La vue du
ciel dissipe mon malaise. L'épure des palmiers, les arcs
de leur houppe au fusain de la nuit, le lait de la lune sur
les plus hautes cimes de la palmeraie et la tiédeur de l'air
mêlent leur douceur. Deux cigarettes, qui brasillent en
bas de la dune, attirent mon attention. Lorsque mes yeux
s'habituent à l'obscurité, je distingue deux silhouettes.
Ce sont eux, certainement. Ils sont assis dans le sable.
Les autres consommateurs ne sont pas longs à quitter le
salon de l'hôtel et à s'égailler dehors pour les espionner.
Localisés, les têtes se tournent fréquemment vers eux.
Nom de Dieu, pourquoi ne leur fichent-ils pas la paix !

Là-bas sur la dune, les cigarettes se sont éteintes. La femme et l'homme reviennent vers l'hôtel. Au bout d'un instant, j'entends leurs voix dans le couloir. Celle de l'homme implore. Je ne comprends pas ce qu'elle dit. Une première porte claque, quelques pas et une seconde grince faiblement. Le silence se referme sur les pièces de ce premier étage.

En bas, les hommes partent les uns après les autres. Quelques-uns en voiture, la plupart à pied.

Je me sens sale. Sale, triste et énervé. Je vais me doucher, me frotter le corps au savon. Ensuite, je me plongerai dans quelque poésie. En ce moment, je me sens incapable de lire un roman.

La pomme de douche me refuse son eau. Le robinet du lavabo pète, rote, ne me livre pas une goutte. Mes amis m'avaient averti que la plomberie, ici, était un ventriloque avare et capricieux. J'avais cru leurs mises en garde exagérées tant je me méfiais de tous les clichés français sur l'Algérie. Je descends pour tenter de trouver une solution. Personne. Seules trois clefs manquent au tableau. Veilleur et gardien ont disparu. Je remonte en prenant garde à ne faire aucun bruit. Un faible hoquet me parvient lorsque j'atteins ma porte. Je m'immobilise et tends l'oreille. Quelqu'un pleure doucement, mais les chambres sont si mal isolées... Je reviens sur mes pas. C'est au 15. Un sanglot d'homme. L'envie de toquer à cette porte me démange. Je me retiens. Je retourne dans ma chambre.

Allongé sur mon lit, je pense à ces deux inconnus, mes voisins de palier. Je pense au chagrin de l'homme. En est-elle la cause ? Je ne peux me défendre d'une petite joie de les savoir dans deux chambres différentes. Suis-je bête ? Je ne sais rien d'elle, ni de lui. J'essaie de la chasser de mon esprit, de me plonger dans *Vergers* de Rilke. « Cette voix presque mienne monte et se décide à ne plus revenir ». Par la porte-fenêtre grande ouverte, le bleu nuit du ciel étoffe ma rêverie.

Le jour est bien levé lorsque je me réveille. Huit heures déjà! Je n'ai jamais autant dormi. Même le muezzin n'a pas troublé mon sommeil. Je m'installe dans les habitudes locales. Mon greffon? Il n'a pas bougé. Poing serré d'une petite main sœur qui me tient aux entrailles. Bourgeon de mes chimères sous les cicatrices de mon identité. Je le caresse. Il me rassure. Le ciel est radieux.

Je mets du temps à distinguer Dalila. Elle est allongée au sommet de la dune. Pourquoi n'est-elle pas à l'école? Quel jour sommes-nous? Samedi. Oui samedi. C'est pourtant le premier jour de la semaine ici.

Le robinet est toujours aussi sec. Sec et muet maintenant. Je descends à la réception réclamer de l'eau. Un garçon m'en donne un seau et promet de m'en laisser en réserve dans ma chambre.

– L'eau, c'est Inch'Allah comme tout le reste, dit-il l'air navré.

Comme tout le reste. En remontant l'escalier, je me souviens qu'à l'hôtel où j'avais dormi, à Oran, un jeune voyageur, inquiet d'un rendez-vous important à Alger, avait qualifié Air Algérie, d'« Air Inch'Allah ».

À mon approche, Dalila s'assied et me fixe d'un air lugubre. Que lui arrive-t-il? Elle a les yeux rougis et les traits froissés.

– Pas la peine d'aller à Aïn Nekhla! Il est mort Yacine, m'assène-t-elle d'un ton désespéré, avant que je ne sois parvenu à sa hauteur.

La stupeur me soude sur place.

– Comment ça, mort?

– Mort! Mort, mort c'est tout!

– Merde alors!

– Je pensais que c'était sa voiture. Il disait toujours : « Elle va rendre l'âme. » Mais c'est lui qui est mort et son âme avec.

– Mais de quoi est-il mort?

– De rien, comme ça. C'est pas les islamistes qui l'ont tué. Lui, il est mort tout seul, en dormant.

– Merde alors ! Quel âge avait-il ?

– Oui, merde alors ! Merde alors ! répète-t-elle avec rage, sans parvenir à se soulager.

– Quel âge avait-il ?

– Quel âge il a... comme toi. Quel âge tu as, toi ?

– Quarante ans.

– Comme toi je suis sûre.

On fait silence. Silence hébété. Ses yeux m'accrochent. Ses yeux m'écorchent. À travers le tissu de la poche de mon pantalon, ma main cherche mon rein, un réconfort.

– Quand on est toujours seul, c'est comme une maladie ? Comme un cancer qui tue ?

– Non, pas lui. Son travail devait beaucoup l'intéresser et puis, à ce que tu m'avais dit, la peinture remplissait bien sa vie.

– C'est un espace, la peinture ?

– Oui, un riche espace.

– Moi je crois que Ouarda la professeur, elle dit la vérité. Ceux qui restent toujours seuls, ils attrapent tous la maladie de l'espace, comme Yacine, comme ma sœur Samia, comme Salah l'ami de Yacine, qui m'a dit sa mort, comme la femme qui est venue avec lui, hier. Elle a la figure de quelqu'un qui a l'espace dans sa tête et qui en veut encore. Comme toi aussi ?

– Qui est Salah ?

– Dans Lafrance, je sais pas, mais chez nous, c'est pas normal de rester seul. Chez nous, l'espace c'est que la famille. Yacine, lui, il a pas de femme. Il a pas d'enfant. Il a pas de famille. Il travaille et il dessine, c'est tout.

– Qui est Salah ?

– Son ami, un docteur lui aussi, tu m'écoutes pas ? C'est lui qui est venu me dire pour sa mort.

– Il est comment Salah ?

– Il a les yeux jaunes. Il est kabyle aussi. Il est à l'hôtel, tu l'as pas vu ?

– Ah si, si… Tu connais la femme qui est avec lui ?

– Non. Salah, il venait avec Yacine. Elle, je la connais pas. Elle a la figure des qui marchent et qui veulent pas faire comme les autres. Il pouvait se marier avec elle, Yacine, puisque c'est une amie à lui. Mais elle a la figure des qui restent seuls, elle aussi.

– Il a été enterré ?

– Regarde, c'est eux.

L'homme et la femme sortent de l'hôtel portant chacun une petite valise. La voiture démarre, disparaît dans la ville. Je ne la reverrai plus ? Je ne sais même pas son nom. Ma mélancolie s'accentue.

– Ils l'ont mis dans un trou et maintenant ils repartent chez eux avec sa voiture.

– Quand l'ont-ils enterré ?

– Hier à Aïn Nekhla.

– Il était un peu un grand frère pour toi ?

– Oui, mais pas comme les frères que j'ai, comme un frère que je voudrais… Pourquoi les gens, ils disent toujours des mensonges sur la mort ?

– Quels mensonges ?

– Ils disent toujours que les morts vont au paradis, au ciel.

– Parce qu'ils le croient. Cela te choque ?

– Les morts, ils restent dans la terre. Ils vont pas au ciel. Si tous les morts étaient au ciel, il serait noir de gens, le ciel, plus qu'avec les sauterelles ! Quand mon chien est mort, mon père est allé l'enterrer par là-bas. Après deux semaines, je suis allée à sa tombe et j'ai creusé. Je voulais voir. La peau de mon chien, elle était toute trouée par des vers. Plein, plein de vers et ça sentait mauvais, tellement mauvais que je pouvais même pas pleurer. J'ai fait que vomir sur le corps de mon chien et mes vomissements et son corps, c'était pareil. Alors je pouvais plus m'arrêter… Après j'ai été malade et j'ai fait des cauchemars. C'est que ça la mort. Le paradis, c'est qu'un nid de vers, un piège de terre pourri et la vie des gens, elle tombe toujours dedans.

– Tu dis cela parce que tu as du chagrin. L'idée du

paradis est pourtant un espace qui aide à vivre beaucoup de gens. Tout le monde n'en a pas la même conception que toi.

– Le paradis, c'est pas un espace ! C'est le piège de la mort. La vie, dedans, elle devient un vomissement. La mort, elle est vraie la mort. Elle est dans la terre. On peut pas rêver bien avec du vrai. Pour rêver, il faut des choses qui existent pas et des choses du ciel, pas de la terre.

– Tu rêves bien sur ta dune, toi. Tu rêves bien d'elle parfois, non ?

– D'abord le sable, c'est pas de la terre. Le sable, y a du soleil dedans. Moi, je me dis que le sable, il est tombé du soleil. Il est pas de la terre. Le sable, il fait de la lumière et des étincelles. La terre, elle, elle fait que de la boue ou de la poussière. L'été, tu peux marcher pieds nus sur la terre. Tu peux pas le faire sur du sable. Tu te brûlerais les pieds avec beaucoup de degrés. Et aussi le sable, il bouge, il va partout même dans ta bouche et dans tes yeux fermés. La dune, elle se déplace. Elle change de forme. Des fois, elle est comme la poitrine d'une très très grosse maman, des fois comme son ventre. Des fois comme des fesses ou un dos qui prient. Elle fait des trous d'ombre et des ronds de feu. Des fois, elle a des frissons. Des fois, la peau lisse. Et puis il vole, le sable. Dans le vent, il va jusqu'au ciel. Il éteint le ciel. Dans le vent, il voyage, il crie, il pleure, il danse, il chante comme Bliss.

– Bliss ?

– Oui, Bliss c'est le diable d'ici.

– Eh ben dis donc, il t'inspire ton sable !

– Ça veut dire quoi « t'inspire » ?

– Il te donne des rêves et des mots pour les dire.

– Parce que l'erg c'est la mer des rêves.

– Une mer comme la Méditerranée ou comme celle qui nous donne la vie ?

– Toutes les deux. Samia, elle m'a dit que la mer c'est un erg d'eau qui, des fois, efface ses vagues. Alors elle devient plate comme un reg. Je l'ai vue sur des photos et sur des livres, la mer. La mer, c'est la mère des poissons et aussi des marins. Et les marins qui sont dessus, ils voient pas toujours les poissons qui sont au fond de l'eau. Ils voient pas le sel aussi. L'erg, c'est la mer d'ici. Et dans le sable, sur le sable, y a les gens des rêves qui vont au ciel et redescendent, qui font la lumière et qui meurent jamais. Les gens de la vie, ils savent pas toujours les voir. Moi, je les vois, je leur parle.

– Ah, bon. Je suis peut-être un de ces marins du rêve, alors ?

– Non, toi tu fais des traces. Les gens de la vie, ils font tous des traces. Comme ça, la mort, elle peut les surveiller. Même avec des souliers, ils sont attachés à la terre par les traces. Et puis un jour, la mort, elle les rembobine.

– Qui est celle qui ne fait pas de trace ? Celle que ma venue a fait fuir hier ?

Elle hausse les épaules :

– Je te dirai pas.

– Bon, bon… Qui vois-tu d'autre au pays des rêves ?

– Quand j'étais petite, ma sœur Samia, elle lisait *le Bendir* [1] et elle me racontait.

– Le Bendir ? Qu'est-ce que c'est ?

– Ah non, dans Lafrance on l'appelle *le Tambour*. Il a aussi un autre nom qui ressemble à Omar.

– Oscar, Oscar le Tambour. Samia t'a raconté cette histoire ? C'est un très beau livre. Il a été tourné en film. As-tu vu le film ?

– Où tu te crois, toi ? Moi, j'ai pas le droit d'aller au cinéma. À la télévision, y a que Dallas, des films avec la guerre ou la bagarre et des films égyptiens, des fois avec Samia Gamal. Nous dans le désert, on est pas « parabolé ».

– Parabolé ?

– Oui, c'est quand tu as l'antenne qui te branche sur Lafrance.

1. *Bendir* : tambourin.

– Une antenne parabolique, d'accord.

Les islamistes disent « paradiabolique » mais ils sont très contents quand ils l'ont. Nous, on est trop loin, les antennes des gouvernements, elles nous attrapent pas.

– Hé hé, alors le Tambour ?

– J'étais petite et je pensais que le ciel était un plafond en verre bleu. Le Tambour venait me voir sur la dune. Toujours, je lui demandais de casser le ciel comme il casse les ampoules et les vitres de chez lui. J'avais envie de voir ce qu'il y avait derrière, tellement envie que parfois j'avais des colères. Des très grandes colères qui me faisaient pleurer. Le Tambour criait, criait, le pauvre ! Mais il arrivait pas à casser le ciel. Il me disait : « Je peux pas parce que le ciel, c'est pas comme une ampoule ou une vitre. Le ciel c'est trop grand, c'est trop dur pour moi. Si j'étais grand, avec un grand cri, je le casserais peut-être. » Mais s'il était grand, il aurait pas eu un cri qui casse.

– Sûrement, oui. Qui d'autre vient te voir du pays des rêves ?

– Le Petit Sultan. Dans Lafrance on l'appelle le Petit Prince. Lui aussi, c'est un chercheur d'espace pour sa fleur. Je lui ai demandé de dire à son ami de casser le ciel avec son avion. D'abord il voulait pas à cause de son étoile qui est si petite avec sa fleur dessus. Et aussi son ami, il peut plus voler parce qu'il est tombé dans la mer avec son avion. Samia me l'a dit. C'est bien de mourir dans la mer ! Hop, du ciel tu vas dans la grande eau. Y a pas de vers, dans la mer, et puis ça te fait deux ciels : un ciel d'eau avec des poissons de couleur et, dessus, un ciel d'air avec des étoiles qui ont peut-être des fleurs d'amour.

» Quand j'ai grandi, j'ai appris que le ciel c'est que de l'air, toujours de l'air, tellement que ça devient bleu avec des étoiles qui sont des boules de feu qui tournent dedans. J'aime beaucoup ça, de savoir que là-haut c'est pas fermé. Quand je serai grande, je conduirai des avions qui vont très très haut, dans les étoiles.

– Ce sont des fusées. Tu veux être cosmonaute, donc ?

– Oui, cosmo ?

– Cosmonaute.

– Cosmonaute, oui. Quand ils sortent de leur avion, ils volent dans l'air doucement, doucement. C'est très beau. Si j'étais grande, j'aurais emmené Yacine tout là-haut et je l'aurais lâché dans l'air. Comme ça, il aurait été au ciel pour de vrai. Il aurait volé tout le temps avec les étoiles et le Petit Prince et sa fleur, dans un bleu propre.

– Avec qui d'autre encore parles-tu dans tes rêves ?

– Aussi avec Jaha [1] et Targou [2]. Eux, ils sont de chez nous. Targou est une morte qui est pas vraiment morte, qui se couche jamais, qui se repose jamais. Tout le monde dit qu'elle est méchante comme le diable. C'est pas vrai ! Elle s'ennuie toute seule, dans un temps qui passe pas, alors elle fait des blagues aux gens, pour rire.

– Est-ce que tu aimerais aller visiter la tombe de Yacine ? Je t'y emmènerai si tu veux.

– Non, je veux pas aller voir sa tombe. Je penserais aux vers, aux vomissements… Je veux penser à lui seulement debout quand il dessine, pas couché, pas dans la terre.

Elle est pleine de larmes contenues. Je me sens démuni devant l'étendue de sa peine. Nous ne disons plus rien.

Elle finit par se lever.

– Tu vas à l'école ?

– Non, je vais dans une cachette. Aujourd'hui, je fais grève. Je veux voir personne. Je veux pas aller à l'école. Je veux pas manger. Je veux pas aller à la maison.

– Ils vont te taper, comme tu dis.

Elle hausse les épaules et d'un pas lent se dirige vers la palmeraie. Au bout d'un moment, elle se retourne vers moi :

1. *Jaha* : personnage de légende doué d'une grande malice.
2. *Targou* : spectre féminin légendaire.

– Il faudrait mettre Yacine dans un livre.

– Le mettre dans un livre ? Tu veux dire écrire quelque chose sur lui ?

– Oui, quelque chose de joli, comme ça, il viendra dans les rêves comme le Petit Sultan et le *Bendir*. Il leur ressemble, sauf qu'il est plus grand. Il est pas vraiment vrai ! Les hommes vrais, ils dessinent pas, ils vivent pas tout seuls. Alors ça doit être facile de le mettre dans un livre.

– On pourrait essayer. C'est long et difficile à écrire un livre, tu sais. Mais on peut y penser.

Elle repart. Je la laisse aller faute de pouvoir lui venir en aide.

Je devrais partir, m'enfoncer davantage dans le désert. Je ne parviens pas à m'y résoudre. Ce serait merveilleux si je pouvais emmener Dalila voir la mer, cette mère des marins et des poissons ; lui faire découvrir la navigation en voilier. Mais cela n'est qu'un rêve qui me rit au nez.

Je tourne en rond dans la ville. J'achète des journaux. Je bois du thé en les lisant. Je n'imaginais pas une si formidable presse en Algérie. Tous ces quotidiens, ces hebdos. Quelques-uns médiocres qui perpétuent la langue de bois. D'autres excellents, mêlant spontanéité et analyses savantes, véracité du ton, humour et férocité, verbe savoureux, français fricassé d'algérien, langue métissée.

En fin de matinée, je prends la voiture et me dirige vers Aïn Nekhla. Bitume gris atone qui, au loin, s'anime d'un fourmillement d'éclats métalliques. La route file devant moi, étroite et rectiligne. Elle tranche comme une lame d'acier un reg infini et crève l'horizon dans un giclement de lumière. Le ciel est d'un bleu de guerre.

J'entre dans Aïn Nekhla. Bourgade sans attrait. Immédiatement, sur ma droite, l'enseigne passée de l'hôpital, le fief de Yacine. Immédiatement garée devant, la voiture que Dalila m'avait montrée ce matin. Je la reconnaîtrais entre mille cette Peugeot 204 d'un impossible rose bonbon. Ils ne sont peut-être pas partis ? Un frisson de joie me coule jusque dans l'échine.

Un homme en blanc vient à ma rencontre.

— Est-ce que je peux voir un médecin, s'il vous plaît.

— Vous avez de la chance, monsieur. D'abord parce qu'il n'y a personne ; ce matin, faute de médecin, j'avais renvoyé tous les consultants. Ensuite parce que depuis une heure, nous avons de nouveau un docteur. *El hamdoulillah* ! Asseyez-vous là un moment. Elle fait la visite des hospitalisés.

Elle ? Ce « elle » me fauche les jambes. Je me pose sur la banquette de ciment. Est-ce elle ? L'homme, sans doute un infirmier, m'abandonne. Un silence de grotte m'enveloppe. Un silence qui redoute et trépigne. Combien de temps ai-je passé à l'attendre ? Long-temps.

Des pas dans le couloir, la voici. Elle. Elle, noyée dans une blouse trop grande. Elle, engoncée par un énorme col rêche. Les épaules de la blouse lui tombent à mi-bras. Elle en a roulé les manches au-dessus des coudes. Elle, avec le même tourment dans les yeux.

— Je vous ai déjà vu ? demande-t-elle avec hésitation.

— Hier soir à l'hôtel de la Sonatour.

— Ah oui, c'est cela.

— Que puis-je pour vous ?

— Oh ! un simple contrôle.

— Mais pourquoi êtes-vous venu jusqu'ici ?

— J'avais promis à la petite Dalila de rendre visite à son ami Yacine.

— Il n'est plus...

— Oui, je sais. Dalila me l'a dit.

— Quand avez-vous vu Dalila ?

— Ce matin.

— Comment était-elle ?

– Mal, en proie à une fièvre de lucidité entrecoupée
de rêves. Elle fait grève de tout, m'a t elle annoncé.
– Grève de tout?
– De manger, d'aller à l'école, chez elle…
– Hier soir, quand nous lui avons appris la mort de
Yacine, elle s'est écrasée sur le sable. Puis, elle s'est
levée et elle est partie vers la palmeraie, sans un mot.
J'ai eu envie de courir après elle pour la consoler.
Salah, le copain qui était avec moi, m'a retenue… Il
m'a dit qu'elle est toujours seule, un peu sauvage.
– Seule oui, sauvage non. Elle fuit un certain nombre
de choses. Elle s'invente un monde et s'y réfugie.
– La reverrez-vous?
– Oui, du moins je l'espère.
– J'aimerais vous confier un présent pour elle. Un
tableau, plus précisément un portrait, le sien.
– Elle m'en a parlé de ce portrait. Il risque d'y avoir
un petit problème cependant. Son ami, le docteur…
– Le docteur Meziane. Yacine Meziane.
– Le docteur Meziane voulait le lui offrir déjà. Mais
elle avait peur de la réaction de ses parents.
– Evidemment, évidemment! Je n'y avais pas pensé.
Je n'ai pas encore retrouvé mes réflexes d'autochtone,
si tant est que je les aie jamais eus.
– Retrouvé?
– Oui. Je vis en France depuis quinze ans… Mais
venez, entrez je vous prie.
– Je suis greffé. Un rein… J'ai eu une chance très
rare, un gros lot de la transplantation : j'ai une totale
identité avec mon rein.
– Magnifique! Vous devez avoir un traitement
immunosuppresseur très allégé!
– Oui, vous vous y connaissez en néphrologie?
– Un peu… À vrai dire, j'ai même failli m'y spécia-
liser. La lourde machinerie du rein artificiel, les
prouesses de la transplantation rénale, ont longtemps
exercé sur moi une grande fascination. Et puis un jour,
j'ai décroché.
– Pourquoi?

– Un ras-le-bol des ayatollahs de l'hôpital. Je me garderai bien de généraliser. Cependant lorsqu'ils ont affaire aux bronzés, quelques-uns ont le savoir intégriste, le verbe pontifiant et méprisant. Ils s'offrent des parades faciles devant les béni-oui-oui terrorisés qui leur font cortège. Quant à leur misogynie voilée d'hypocrisie…

– Je vous crois.

– Allongez-vous là, dit-elle en me montrant le divan.

J'enlève ma chemise et mon pantalon et m'étends sur la table d'examen. Elle m'examine. Ses mains sur mon greffon, j'ai envie de les emprisonner dans les miennes, de les garder là, indéfiniment. Son regard, l'expression de son visage sont tout à fait normaux à présent. Elle ausculte encore mon rein et conclut :

– Pas de souffle. Tension 13/7. Aucun signe de surcharge vasculaire. Parfait, vous pouvez vous rhabiller. Je vous fais une ordonnance pour un bilan sanguin.

– Vous avez décidé de rester ici ?

– Non, juste le temps que la commune ait recruté de nouveau quelqu'un.

Tout se passe si vite, trop vite.

– Voilà, eh bien au revoir, monsieur Chauvet.

Je ne bouge pas.

– Est-ce que vous pourriez aller voir Dalila ?

Elle semble perplexe. J'essaie de trouver un argument convaincant. Je dis :

– Elle a une seule sœur qu'elle n'a pas vue depuis très longtemps. Ses études terminées, celle-ci est restée en France. Je pense que cela lui fera du bien d'en parler avec vous. Dalila est en train de découvrir la solitude sur son erg comme au sein de sa famille. Elle scrute « ceux qui cherchent de l'espace ».

– Ceux qui cherchent de l'espace ?

– Oui, elle vous l'expliquera mieux que moi. Elle dit que vous avez « la figure d'un qui cherche de l'espace et qui veut pas vivre comme tout le monde ».

Elle sourit.

– J'irai la voir demain en fin d'après-midi.

Elle retire la blouse. Son corps retrouve ses harmonies et son regard cette alarme qui l'isole et l'éloigne. Elle s'apprête à sortir. Je me lève aussi.

– Alors à demain.

Elle est déjà partie. Demain, si lointain. Demain, un « Inch'Allah » différent des autres.

En fin de journée, j'ai attendu Dalila sur son observatoire. En vain. Fait-elle grève des rêves, aussi ? Les flots de l'erg épaississent le silence sur la grève du reg. L'ondulation infinie des sables sublime l'évasion jusqu'au plus tragique de l'immobilité. Le soleil sombre dans un rouge désespoir. Il pleut sur la dune un sanglot muet.

Je reviens à l'hôtel. Je reste sur la terrasse, face à la houle de sable. Il y a en moi un halètement de mer, inquiet, des eaux sourdes qui attendent le souffle du vent. Je suis un marin sans bateau, un frémissement de mirage entre ciel et sable.

À mon réveil, les yeux encore clos, je guette la voix du muezzin. Silence, seulement. Silence assurément. Appel virginal, plus fort que prière, intensité de vie ramassée, cabrée, qui me cueille. J'ouvre les yeux. L'aube à ma fenêtre. Je me vois. Qu'ai-je d'anormal en ce jour qui naît ? La main sur mon rein. Mon rein sous sa couture. Sa courbure familière... Me revient le souvenir du vivre endormi, de ma siamoise présence-absence. Elle est entrée dans ma chambre par la porte-fenêtre ouverte. Elle portait une longue blouse blanche et le visage du docteur, figure d'espace. Elle a caressé mon rein, mes lèvres et mon sexe. J'ai déboutonné sa blouse, j'ai pris dans mes mains ses seins. Nous nous sommes bus jusqu'au délire.

Je ne bandais plus, même en songe, depuis si longtemps. « C'est normal, c'est la maladie. Ne vous en faites pas, cela reviendra après la greffe », répétaient inlassablement les médecins. Ils ne me rassuraient pas. Ma main fait une incursion prudente du côté de ma verge et se retire aussitôt comme brûlée. Je rejette le drap. Je regarde, je vois mon sexe. Il se dresse comme une acanthe qui refleurit après des mois de flétrissement. Phallus réanimé, vie rallumée par une aube laiteuse contre la nuit de ma libido.

V

SULTANA

Je suis restée à Aïn Nekhla. Les instances et les aver-
tissements de Salah? Sans prise sur moi. Il est reparti
préoccupé. Je persiste dans le vide. Ni le sentiment
d'utilité sociale, ni la présence de ce village natal ne
parviennent à me tirer de cet état. Je suis là simplement
par inertie. Le feu de la nostalgie ne s'éprouve que dans
l'éloignement. Revenir, c'est tuer la nostalgie pour ne
laisser que l'exil, nu. C'est devenir, soi-même, cet exil-
là, déshérité de toute attache.

Du reste, l'Algérie ou la France, qu'importe!
L'Algérie archaïque avec son mensonge de modernité
éventé; l'Algérie hypocrite qui ne dupe plus personne,
qui voudrait se construire une vertu de façade en faisant
endosser toutes ses bévues, toutes ses erreurs, à une
hypothétique « main de l'étranger »; l'Algérie de
l'absurde, ses auto-mutilations et sa schizophrénie;
l'Algérie qui chaque jour se suicide, qu'importe.

La France suffisante et zélée, qu'importe aussi. La
France qui brandit au monde la prostate de son prési-
dent, truffe de son impériale démocratie; la France qui
bombarde des enfants ici, qui offre une banane à un
agonisant d'Afrique, victime de la famine, là, et qui,
attablée devant ses écrans, se délecte à le regarder

mourir avec bonne conscience ; la France pontifiante, tantôt Tartuffe, tantôt Machiavel, en habit d'humaniste, qu'importe.

Oui qu'importent les pays, les nations, qu'importent les institutions et toutes les abstractions quand c'est dans l'individu même que le ver est immortel.

J'ai fait un infarctus de mon Algérie. Il y a si long-temps. Maintenant mon cœur frappe de nouveau son galop sans algie. Mais une séquelle de nécrose reste : sceau de l'abandon à la source du sang à jamais scellé. J'ai fait une hémiplégie de ma France. Peu à peu, mon hémicorps a retrouvé ses automatismes, récupéré ses sensations. Cependant, une zone de mon cerveau me demeure muette, comme déshabitée : une absence me guette aux confins de mes peurs, au seuil de mes soli-tudes.

Partir encore ? Quitter alors et la France et l'Algérie ? Transporter ailleurs la mémoire hypertrophiée de l'exil ? Essayer de trouver un ailleurs sans racines, sans racisme ni xénophobie, sans va-t-en-guerre ? Cette contrée fantasmagorique n'existe sans doute que dans les espoirs des utopistes. Il n'est de refuge que précaire, dès que l'on est parti une première fois. Ailleurs ne peut être un remède. La diversité de la géographie ne peut rien contre la constante similitude des hommes. Combien serons-nous, ceux partis en quête d'ailleurs, à l'aube de l'an 2000 ? Partir ou rester, qu'importe. Je n'ai pour véritable communauté que celle des idées. Je n'ai jamais eu d'affection que pour les bâtards, les pau-més, les tourmentés et les Juifs errants comme moi. Et ceux-ci n'ont jamais eu pour patrie qu'un rêve introu-vable ou tôt perdu.

Un retour qui n'en est pas, la mort de Yacine, cet amour abandonné sur les chemins des angoisses et qui me revient en boomerang dans l'impossibilité... Mes Sultana, antagonistes, s'en trouvent disjointes, dislo-quées. Celle du vouloir est repartie là-bas, sur le lieu de ses chantiers. L'envie blanchie, repliée, elle lézarde au soleil, un livre inutile dans les mains. L'autre, ici, guette comme un chat une petite douleur ou une joie à se mettre sous la dent. Mais rien ne s'aventure à proximité de ses griffes acérées. Le temps qui passe se noue et décharge ailleurs. Il lui arrive en tracé plat et son attente sombre en léthargie. Mes deux composantes se nourrissaient l'une de l'autre. Séparées, elles sont l'une et l'autre désactivées, désamorcées. Et moi qui vivais dans leur jonction étroite, tumultueuse et tiraillée, je me retrouve, de par leur scission, en dérive sur un calme détaché de tout, glacé. Village natal, pèlerinage fatal.

En sortant de l'hôpital, je flâne sans but. Pas longtemps. Très vite, la fièvre des yeux force mon indifférence, m'interroge et m'interrompt. Foule d'yeux, vent noir, éclairs et tonnerres. Je ne flâne plus. Je fends une masse d'yeux. Je marche contre des yeux, entre leurs feux. Et pourtant, je n'ai plus de corps. Je ne suis qu'une tension qui s'égare entre passé et présent, un souvenir hagard qui ne se reconnaît aucun repère.

Dans les rues, les garçons jouent au foot avec n'importe quoi : un ballon éventré, une boule de chiffon, une boîte de sardines vide… « Madame ! Madame ! Madame !… », les mêmes imbécillités, les mêmes gestes simiesques, grotesques, les mêmes jets de pierres suspendent leurs jeux, un bref instant. Rires, et ils désarment et retournent en enfance. Les fillettes m'adressent des sourires, rougissent. Elles s'affairent autour de tout jeunes enfants, véritables petites mamans. Les femmes encapuchonnées, travesties en étrangères se hâtent vers je ne sais quelle urgence. Au pied des murs, les hommes se lézardent et tombent en décrépitude. Les hommes ne sont plus, ici, que restes de nomades, en vrac dans l'immobilité sédentaire, privés de mémoire. Des poules caquettent autour d'eux, fouillent le sol, petits pas, petits coups de bec. Des moutons hument leurs crottes, l'œil éteint. Il n'y a pas un âne. Pourquoi ? Des voitures avancent par à-coups de klaxons, tirades de vociférations des chauffards contre les enfants qui bouchent la rue, crachats d'exaspération jetés par les fenêtres. Derrière ce quartier, les ruines du ksar, éboulis de mémoires.

Tout à coup là, sous mes yeux, le seuil d'une maison... Cette main de Fatma en bois, teinte au henné, au-dessus de la porte ; cette haute marche, du même ciment gris que la cour, percée d'une évacuation qui se déverse dans la rue, je connais. L'étage, qu'on devine au fond, possède une terrasse, je le sais. Seuil bas, accablé par le temps, pris en tenaille par deux grandes façades barbares, fidélité accroupie à m'attendre dans le chambardement du présent. Depuis, la main de Fatma a sans doute été mille fois dans le henné et mille fois reternie ; le crépi refait et défait au gré des fortunes et des rares pluies qui ne tombent ici que pour dévaster davantage. L'émotion me revient, me redessine un corps tout en frissons et oppresse mes poumons. Je revois cette femme. Elle s'appelait Emna. Un beau jour, son mari décréta, papier officiel en mains, que dorénavant elle se prénommerait Sarah. Elle haussa les épaules. Israël, le gouvernement français, c'était si loin d'elle, bien trop loin de son désert. Ce prénom étranger, me resta étranger. Moi, je gardais Emna, seule tendresse durant des années. Son affection, comblant un peu du vide laissé par ma mère disparue, m'avait fait adopter le mellah juif. Emna me serrait contre sa poitrine en murmurant : « Mon oisillon, mon petit, petit moineau ». La douceur convaincante de cette répétition, « petit, petit », me restituait un peu de l'enfance emportée par ma mère. Une large, très large poitrine, une robe noire, un foulard rutilant et son visage si beau de bonté ; le creux accueillant de ses seins où je venais fourrer mes yeux, mon nez et mon visage tout entier. Lovée là, je humais sa peau et m'y reconnaissais : couleur sable d'ombre, odeur d'ambre. Je ne bougeais plus. Elle riait d'attendrissement. Je levais un œil et admirais le lisse de ses joues, leur brun ocré de sable au coucher.

Ses yeux m'inondaient, coulaient le velouté de leur nuit sur les brûlures de mes jours. Quand elle travaillait, je demeurais près d'elle. Je ne faisais pas de bruit. Je la regardais. Dans sa maison, l'arôme du poivron grillé sur les braises, les senteurs de basilic et le chant andalou enivraient le matin. À chevaucher, chaque jour, mes propres frontières pour aller la rejoindre, je les ai rognées, cassées et dépassées. Son affection a été le meilleur antidote aux rejets croisés, pieds-noirs, juifs et arabes, qui sévissaient dans le village. Les joies de l'Indépendance ont été attristées par le départ d'Emna. Avec elle, j'ai perdu les derniers lambeaux de l'enfance. Elle m'a faite orpheline une seconde fois. J'ai envie de m'asseoir à ce pas-de-porte comme nous le faisions ensemble, autrefois. Emna, deux lettres distantes puis l'engloutissement dans la vie d'une Sarah étrangère ; le silence de ceux qui conservent, enfouis en eux, des jamais indigestes.

Des enfants autour de moi et des questions. Des passants s'arrêtent qui me contraignent à rebrousser chemin. Les soubresauts de l'inconscient, qui travaille malgré ma torpeur, ont propulsé mes pas jusque-là, jusque dans cette aire d'amour toujours allumée en moi. Ma seconde Sultana en ronronne, un miel de peine dans le poitrail. Elle mettra des jours à le savourer et à s'en remettre.

La lumière du crépuscule pose ses roses sur la rumeur du village. Saumon, lilas dans un ciel enfin las de se consumer. La palmeraie est un nœud de verdure sur la blessure sèche de l'oued. Tout autour, les dômes des sables, le siège de l'aride, l'œil démoniaque de l'éternité qui guette. Ici, le vert a la fragilité de l'humain, le tremblé, le pointillé de l'incertain dans les dogmes écrasants de la lumière.

Assise sur la terrasse, face à la palmeraie, j'observe la tombée du soir. Le ksar est à ma droite. Je ne le vois pas. Un bouquet de palmiers m'en sépare. Je ne m'y suis pas rendue, ni hier ni aujourd'hui. « Tu n'as pas envie d'aller visiter ta maison ? » n'avait cessé de s'étonner Salah. Non, je n'en avais pas envie ! Cette maison, je n'y ai plus remis les pieds depuis mon départ. Du reste, que puis-je y rechercher ? Les ruines de ma mémoire ont précédé celles du ksar, depuis si longtemps... Ces dernières ne préfigurent, pour moi, que leur fantôme. Et puis les ksour ne sont précieux que pour l'exotisme, aux rares touristes et à ceux qui n'ont pas à y demeurer. Je comprends, quant à moi, que leurs habitants sacrifient l'esthétique pour un peu de commodité et des toits qui ne fondent pas en boue à la moindre averse. On dit que le ksar n'abrite plus maintenant que des chèvres, des moutons et les quelques ânes qui survivent encore à l'invasion des moteurs. Alors qu'irais-je y faire, moi ? « Pourquoi ? » « Pourquoi ? » C'est comme ça, un point c'est tout ! « Pourquoi » charognard, tu n'auras rien de moi que je ne veuille livrer. Je me moque bien des infamants « anormale ! » dont on peut m'affubler.

Aujourd'hui à l'hôpital, à part ce Chauvet, je n'ai vu que les hospitalisés. Que fait-il ici, celui-là ? C'est drôle comme il ressemble à Yacine, de dos. Même carrure, mêmes cheveux. En hospitalisation, rien de très grave. Les cas préoccupants sont évacués vers la ville. L'hôpital ? Des coupures d'eau quotidiennes, de fréquents manques de gants, de matériel jetable, de désinfectants, des médicaments au compte-gouttes, pas même l'essentiel... Il faudra m'en accommoder. Examiner ce greffé dans ce contexte était tout à fait surréaliste. Le bénéficiaire d'une médecine pour nantis au sein de l'hôpital du désespoir. Demain matin, je consulte. Les deux salles d'attente doivent être encore plus combles qu'auparavant. En fin d'après-midi, j'irai voir la petite Dalila, cette graine de tous les exils.

Hier soir, j'ai dormi tout mon soûl dans cet hôtel. Cela m'a reposée. Peut-être y resterai-je demain. Je me prépare à cette première nuit, seule, dans cette maison. Je l'appréhende et l'attends, en même temps. Pendant la journée, j'ai évité cette pensée. Mais je la sentais là, dense et secrète, coin opaque dans la caverne de mon esprit. Le ciel s'assombrit. Je rentre et me barricade. Je ferme à clef la porte de la chambre de Yacine. Je dormirai sur le divan. De retour au salon, je l'y trouve assis. J'ouvre ma main et regarde, ahurie, la clef de la chambre que j'ai retirée de la serrure. Le reproche de son regard me confond. Il hoche la tête de désapprobation. Il a l'air malade et de grands cernes pochent ses yeux. Je me sens désemparée. Le venin de la culpabilité tord mes entrailles. D'un signe, Yacine m'invite à m'asseoir sur ses genoux. Son appel me bascule toute dans le besoin, le désir de lui. Il ne dit mot. Ses mains, sa bouche, perforent délicieusement ma peau. Ses yeux accueillent mes gémissements de plaisir avec satisfaction. Ma jouissance le venge de mes lâchetés. Le monde vacille dans ma tête. Je meurs dans son écroulement.

Je me sens si lasse, ce matin. J'ai peu dormi. Je crois que j'ai complètement oublié de manger, hier. Je n'ai même pas faim. Je me dope au café noir. Khaled, l'infirmier, m'en prépare. Il y ajoute quelques gouttes d'eau de fleur d'oranger et une pointe de poivre. C'est très bon.

Je me réhabitue aux métaphores du langage somatique algérien. Les hommes me découvrent avec un air curieux vite éteint par le masque de la maladie. Ils rapprochent une chaise du bureau, s'y effondrent, soufflent, grimacent : « *Tabiba*, j'ai une porte qui s'est soudain ouverte là (ils me montrent la poitrine ou le dos). Ça fait très, très mal. » Ou encore, après un court malaise et le visage accablé : « je n'ai plus d'âme » ou « mon âme est morte », à traduire par je suis devenu impuissant. Paupières baissées, lèvres tout à coup paralysées par la honte, ils voudraient pouvoir, aussitôt, rattraper et avaler ce qu'ils viennent d'avouer. Trop tard. Les infirmités ou les amputations de l'âme et les drames virulents de l'existence s'écrasent sur mon bureau.

Les femmes : « Ma sœur, quelque chose me donne des coups de couteau ici et là et encore là et ici et là et là ». Elles m'indiquent le ventre dans sa totalité, la poitrine, les épaules, le dos, la tête, les jambes, les bras... en même temps. « Qu'Allah éloigne le mal de toi, quand ça me prend, la tête me tourne, j'ai des sueurs, je vomis, mes membres en sont fracassés. Et après, je suis faible, je ne dors pas, je ne mange pas et je n'ai envie que de rester couchée. Soigne-moi ma sœur, s'il te plaît ! » Quand tout, en arabe algérien *koulchi*, est douloureux, il s'agit de la *koulchite*, pathologie féminine très répandue et si bien connue ici. *Koulchite* symptomatique des séismes et de la détresse au féminin.

Je panse. Je couds. Je plâtre. J'examine et écoute les longues plaintes. Lorsque je baisse le nez pour rédiger une ordonnance, les femmes retrouvent un œil d'aigle et la vivacité du bec. Elles me scrutent, me jaugent, me décortiquent, avant d'oser : « Tu as des enfants ? » L'alarme du danger sonne dans ma tête. Si je réponds négativement, gare à l'avalanche de pourquoi, aux éclairs de regards scandalisés ou compatissants. Je n'arriverai plus à m'en dépêtrer. Je m'esquive par un docte : « Ici, c'est moi qui pose les questions, n'inverse pas les rôles ! » Atténué par un rire dosé. Soupirs de soulagement, sourires. Je ne suis pas totalement un monstre. Malgré mes fonctions et mon apparence, mon corps appartient à la confrérie des candidates à la boursouflure du ventre, aux fidèles du culte de la matrice. Elles concluent : « Alors tu as des enfants. Combien ? C'est ta mère qui les garde ? Ils vont bien ? Qu'Allah te les préserve du mauvais œil ! Et ton mari, il est docteur, lui aussi ? Oh mon Dieu, comme le monde est compliqué maintenant ! Mais au fait, tu es d'où, toi ? Dis-moi ma sœur, d'où es-tu ? » Pour toute réponse, je tends mon ordonnance. « Excuse-moi, les autres malades attendent. Au suivant ! »

Quinze heures trente, enfin plus de consultants.

– Venez manger à la maison. Ma femme insiste pour que vous veniez.

88

– Non, merci Khaled. Je vais surtout me reposer au calme. Une autre fois, je vous le promets.

– Est-ce que vous vous faites à manger au moins ? Halima, la femme de salle, a l'habitude de faire le ménage pour Yacine. Souvent et sans qu'il ait à le lui demander, elle lui préparait à manger.

– On verra cela plus tard. Je me fais à manger oui, oui. Ne vous inquiétez pas... Si jamais vous avez besoin de moi ce soir et que je ne sois pas chez Yacine, appelez-moi en ville, à l'hôtel de la Sonatour. Je repasserai en hospitalisation avant d'y aller. Je laisserai mes prescriptions ici sur le bureau, s'il y avait du nouveau. Ne vous pressez pas. Prenez le temps de vous reposer.

– D'accord, à demain.

J'enlève ma blouse. Celle de Yacine est encore pendue là. Silhouette sans consistance, peau blafarde sans tête et sans jambes, simulacre d'attente. Je la caresse, la relâche, la reprends et l'endosse. Elle me couvre jusqu'aux pieds. Je renifle son col, plonge les mains dans les poches. À droite, le contact d'un papier me fait sursauter. Je le saisis. Je le déplie. C'est une ordonnance blanche, une prescription de néant.

En quittant l'hôpital, je bute contre Ali Marbah, l'islamiste-*trabendiste*-chauffeur de taxi. Il devait m'attendre, assis sur le muret de l'enceinte.

– On ne me la joue pas, à moi ! Je sais qui tu es. Je te connais !

À ces mots, je reçois une grande décharge. Je me domine. Je me blinde d'un calme dédaigneux et je passe. Ses tics s'exacerbent et torturent son visage. Avec sa barbe hirsute et son regard halluciné, il a vraiment l'air d'un singe fou. Il lance dans mon dos.

– Je savais bien que je t'avais déjà vue ! Pourquoi es-tu revenue nous tenter et nous provoquer ? !

– Tu es une amie de Yacine, toi aussi ? attaque Dalila dès que j'arrive à sa hauteur.

Je suis montée lentement. J'avais si peur qu'elle ne fuie à mon approche. Perchée sur sa dune, elle a observé, sans broncher, ma progression.

– Oui.

– Tu venais pas le voir, toi.

– Non, parce que j'habite trop loin, en France.

– Tu as une petite sœur en Algérie ?

– Non, elle est…

– Elle est avec toi dans Lafrance ?

– Non, je n'ai pas de sœur.

– Alors elle est morte… Yacine, il est mort de rien. Quand c'est rien, ça peut se guérir, non ? On peut mourir de rien même quand on est docteur ?

– On meurt toujours de quelque chose. On dit « rien » lorsqu'on est incapable d'en trouver la cause.

– Est-ce que rien c'est un espace qu'on voit pas ou qu'on sait pas, un peu comme le rêve de quelqu'un d'autre ?

– Rien n'est ni un espace, ni un rêve. Rien est un mot du néant. Il enlève tout, même l'espace.

– Comme la mort ? Elle t'enlève quelqu'un pour le mettre dans un trou de pourriture et après, toi, tu as un trou dans ta vie. Yacine, il vient pas dans mes rêves. Pourtant, je pense très très fort à lui. Mais c'est seulement les larmes qui m'effacent tout, même les autres gens des rêves. Ça me donne la *ghossa* !

– La *ghossa* comme tu dis, c'est la colère.

– Oui, je sais.

– Qui sont ces gens des rêves ?

– Toi qui es son amie, est-ce que tu pourras le mettre dans un livre, Yacine, comme le *Bendir* et le Petit Sultan.

– Le *Bendir* et le Petit Sultan ?

Elle hausse les épaules, excédée, et décide d'ignorer mes questions.

– Raconte-moi ton école.

– L'école ? Qu'est-ce que tu veux savoir de l'école ? Ouarda, elle dit que l'école, elle est plus l'espace où on apprend. Elle dit que, maintenant, c'est qu'une fabrique

90

d'abrutis et de petits islamistes. Des petits islamistes abrutis, comme mes frères.

— Pourtant toi tu réfléchis et tu contestes.

— Oui, mais des comme moi, y en a pas beaucoup. Je dis pas ça pour faire du chiqué, non. Mais comme je suis la seule fille à la maison, ça fait que mes parents, ils m'embêtent pas trop. Et surtout quand je sors, ils vont jamais me vérifier chez Ouarda. Ils ont peur de la fâcher. Alors moi je peux venir ici et être tranquille.

— J'ai cru comprendre que tu as une sœur en France. Tu n'es donc pas une fille unique.

— Enfin… oui. Mais elle, elle est jamais ici. Heureusement qu'il y a Ouarda ! Ouarda, elle me fait lire et apprendre. Avec elle, je discute en vrai. Elle fait partir toutes les peurs des menaces que je ramène de l'école. Elle me fait penser.

— Quelles sont ces menaces que t'inflige l'école ?

— Ces bêtises du *hadith* qui veut te faire vivre comme elles vivaient les femmes et la fille de Mohamed, le prophète. Combien y a eu de Mohamed depuis celui-là ? Mais si tu refuses de suivre ce chemin, on te promet tous les enfers. Les maîtres d'école sont si contents de dire comment on te fera bouillir dans une grande marmite de méchants ; comment on te fera déchirer en deux en t'attachant à deux chevaux. Comment on te…

— Hum, je vois. Mais tu lis tout de même autre chose à l'école, non ?

— La lecture de l'école, c'est toujours l'histoire d'une petite fille sage et qui aide bien sa maman alors que son frère, lui, il joue dehors. C'est tout ce que je veux pas être, tout ce que je veux pas faire.

— Je te comprends !

— Dis-moi d'abord pourquoi la langue qu'on parle à la maison et dans la rue est pas la langue de l'école ?

— Parce que les hommes d'Etat, ceux qui ont gouverné l'Algérie depuis l'Indépendance, l'ont taxée de dialecte.

— Mes parents comprennent pas tout à la radio et à la

télé. Il faut toujours leur expliquer. Et nous, les jeunes, on parle une langue avec les maîtres et les maîtresses. Une autre à la récré et dans la rue.

– C'est bien là le problème.

– Mais pourquoi ? Pourquoi ils ont fait ça ?

– À l'Indépendance, les dirigeants ont décrété que deux des langues algériennes : l'arabe maghrébin et le berbère, étaient indignes de la scène officielle. Pourtant, leur résistance aux différentes invasions, depuis des siècles, témoigne de leur vivacité et aurait dû les consacrer. Hélas ! Quant à la troisième langue du pays, le français, il est devenu la langue des vendus, des « suppôts du colonialisme ». Tu comprends, c'est une façon efficace d'écarter les uns et de jeter le discrédit sur les autres, ceux qui pouvaient contester le régime ; une tactique pour museler tout le monde, en somme. Ils y sont parvenus.

– Alors, ils ont dit que notre langue est nulle. Et maintenant les islamistes disent qu'on sait même pas notre religion. On est que des ratés depuis les grands-pères, grands-pères de nos grands-pères.

– En quelque sorte, oui. Le peuple, ils l'ont mutilé, et abandonné…

– Tu sais, la première fois que je suis allée à l'école, ma mère m'avait mis un collier et un bracelet en *morjane*, de sa mère.

– En français, on dit corail.

– Corail, oui je sais. J'étais si contente d'avoir ces bijoux de ma grand-mère et aussi parce que je pensais que mon institutrice allait m'enseigner plein de belles choses. Tu sais ce qu'elle a dit dès qu'elle m'a vue ? « Allez, enlève-moi ce collier et ce bracelet ! Donne-les-moi ! Et je veux te voir avec des manches longues, cet après-midi ! » J'ai pas mis de robe avec des manches longues. Elle m'a jamais rendu le collier et le bracelet de ma grand-mère. Ça a fait pleurer ma mère. Je les ai demandés plusieurs fois à la maîtresse. Elle devenait toute rouge. Une fois, elle m'a giflée aux deux joues, pour ça. Et puis, elle m'apprenait que les interdits. Alors en classe, je me bouchais la tête et je la détestais en silence.

— Ta mère n'est pas allée les lui réclamer ?

— Non, elle a trop peur des gens qui sont si importants… Pourquoi l'arabe c'est que la langue de la peur, de la honte et des péchés, surtout quand on est une fille ?

— Une langue n'est que ce que l'on en fait ! En d'autres temps, l'arabe a été la langue du savoir et de la poésie. Elle l'est encore pour quelques poignées de rebelles ou de privilégiés. Tu dois continuer à résister et à prendre ailleurs ce que tu ne trouves pas à l'école.

Une grande tristesse empreint son visage. Son regard erre et s'apaise dans le lointain des sables, revient se poser sur moi :

— Tu as des frères, toi ?

— Non. Je n'en ai jamais eu.

— Ma mère et les gens disent tous que les frères c'est bien. Ils disent qu'ils te protègent, qu'ils sont un rideau contre la *h'chouma*.

— Contre la honte.

— Oui, contre la honte. Tu fais comme le *roumi*, toi, tu me corriges les mots en algérien. Yacine lui, il le fait pas. Il a l'habitude, lui. Nous, les vrais Algériens, on mélange toujours les mots.

— Parce que je ne suis pas une vraie Algérienne, moi ?

— Non. Nous, les vrais, on mélange le français avec des mots algériens. Toi, tu es une vraie mélangée alors tu mélanges plus les mots. Quand tu étudies là-bas, tu deviens toujours une vraie mélangée. Tu te fâches pas, hein ? Maintenant chez nous, c'est plus une honte d'être migrés. Les migrés *zoufris* [1], eux, ils étudient pas. Alors même là-bas, ils deviennent pas mélangés. Ils mélangent que les mots, encore plus que nous. Mais ça fait rien, les femmes d'ici veulent toutes leur marier leurs filles. Elles disent : « Ils ont de l'argent et puis ma

----

1. *Zoufri* : ouvrier

fille habitera dans Lafrance, alors j'irai en "facance" là-bas. »

– Remarque, « vraie » mélangée me convient bien. Et toi, tu crois qu'il n'y a aucun mélange en toi ?

– Je dis « nous les vrais » mais je sais pas si je suis vraie, moi. Ma mère, elle dit que nous et beaucoup de gens du désert, les grands-pères, grands-pères de nos grands-pères…

– On dit nos aïeux !

– Elle dit que nos aïeux étaient tous des Noirs qui venaient de l'autre côté du désert. Yacine, lui, il dit que le grand-père, non, que ses aïeux, c'étaient peut-être des Juifs, que beaucoup de Kabyles sont comme ça. Est-ce que tu crois qu'il y a des gens qui sont des vrais fils de vrais ?

– Je pense qu'il n'y a de vrai que le mélange. Tout le reste n'est qu'hypocrisie ou ignorance.

– Quand je réfléchis à tout ça, ça me mélange la tête et je sais plus rien.

– Ce n'est pas bien grave. Tu as toute la vie devant toi pour creuser la question. Qu'est-ce que tu voulais me dire, tout à l'heure, à propos des frères ?

– Je crois que c'est bien de pas avoir de frères. Les frères, ils t'embêtent, c'est tout. Est-ce que les frères dans Lafrance, ils sont si bêtes et méchants ?

– Beaucoup moins, parce qu'ils n'ont aucune autorité sur leurs sœurs.

– Moi, j'ai pas de sœur à la maison et j'ai sept frères. Si je les écoute, je ferais qu'obéir et travailler sept fois, tout le temps. Je le fais pas. Je me sauve sur la dune ou chez Ouarda et je les déteste sept fois dans ma tête. Tu fais des études dans Lafrance ?

– Mes études sont terminées depuis quelques années déjà. Je travaille.

– C'est quoi ton travail ?

– Je suis médecin.

– Comme Yacine.

– Oui. Nous avons fait une partie de nos études ensemble, Yacine et moi.

– Et ton père ?

– Je n'en ai pas

– C'est pour ça que toi tu t'en fous, tu peux partir et revenir quand tu veux. Tu as personne qui veut te marier *bessif* [1] et t'empêcher d'étudier et de marcher et trouver l'espace que tu veux. Pour que les filles puissent revenir, il faudrait, peut-être, que tous les pères et tous les garçons soient morts.

Ses yeux, agrandis, me fixent sans ciller, sans me voir. Durant quelques instants, elle demeure tendue, tout à ses ruminations, à ses conflits intérieurs.

– C'est depuis que ta sœur ne vient plus que tu as de telles pensées ?

– C'est depuis que je suis toute petite, depuis que je sais que je peux pas éteindre toute la lumière de la terre, faire disparaître les choses et les gens rien qu'en fermant les yeux.

– Comment cela ?

– Quand j'étais petite et que je fermais les yeux, je croyais que j'effaçais tout le monde. Quand j'avais la colère de mes frères, je leur disais : « Taisez-vous, laissez-moi tranquille, sinon je vous éteins. » Je fermais les yeux, je les voyais plus, alors je croyais qu'ils existaient plus. Mais maintenant, je sais que c'est pas vrai. Alors je m'en vais de la maison.

Je la regarde et me demande si à son âge j'avais cette rage candide, cette véhémence têtue. Certainement, en beaucoup moins lumineux cependant.

– Si ma sœur, Samia, se marie avec un *roumi*, ses enfants, ils seront comment, ses enfants ?

– Ses enfants seront encore plus vrais mélangés que moi.

– Oui, mais comment seront ses enfants à ma sœur Samia ?

– Eh bien, cela dépendra de l'homme qu'elle épousera.

– Ils s'appelleront Mohamed et Ali et Aïcha ou

1. *Bessif* : sous la contrainte.

95

comment? Ils seront blonds ou rouges ou brun mitigé de noir comme moi?

– Ça dépend.

– J'aime pas les ça dépend. Tu peux dire des « peut-être », si tu veux. Y a de l'espace dans « peut-être ». Ça dépend, c'est dur et tordu. Comme les murs de *Laouedj* [1], le maçon. Il oublie le fil à plomb dans sa poche et il fait des zigzags aux murs.

Son air grave et sa fureur me ravissent.

– Je ne connais pas ta sœur. Si elle se mariait avec un Français, ses enfants pourraient porter des prénoms arabes, oui. Physiquement, ils ressembleraient un peu à leur père, un peu à leur mère ou à leurs grands-parents. C'est pour cela que j'ai dit : ça dépend.

Elle se calme.

– Un père français, il peut avoir un garçon qui s'appelle Mohamed et une fille qui s'appelle Fatima?

– S'il en a envie, bien sûr.

Ma réponse l'épate. Elle retrouve le sourire.

– Ils sont mieux que nous, les Français. Parce que chez nous, personne peut appeler son fils Jean ou sa fille Marie... Et toi, ta fille?

– Je n'en ai pas.

– Mais quand tu en auras.

– Je n'en aurais pas. C'est ma seule certitude. Mais peut-être qu'un jour j'adopterai un enfant.

– Je crois que ma sœur Samia est comme toi. Elle fera pas d'enfant à cause de tout ça qui...

Elle se perd en méditation. Je demande :

– Est-ce que tu parles avec ta mère? Est-ce que tu lui dis par exemple ce que tu viens de me raconter là.

« Non » vigoureux de la tête.

– Ma mère, je lui dis rien. Des fois, elle aussi elle a la colère de mes frères. Mais si moi je dis des choses contre eux, elle me tape. Elle dit que je dois leur obéir. Pourtant, elle me défend. Une fois, je lui ai parlé des gens des rêves. Elle a eu de l'inquiétude pendant

1. *Laouedj* : le Tordu.

96

plusieurs jours. Elle croyait que j'étais folle ou frappée par le mauvais œil ou par un djinn. Elle voulait m'emmener au *m'rabet* [1]. Maintenant, je lui dis plus rien. Ouarda, l'institu... non, la professeur, dit qu'il vaut mieux que je l'inquiète pas trop. Elle dit que je suis déjà son souci parce que je suis une fille. Elle dit nous, les filles, on est que des soucis défoncés de soucis. C'est pas très rigolo !

Elle se tourne vers le large de l'erg et continue :

– Non c'est pas très rigolo d'être une fille. Ta mère, tu lui dis que des mensonges ou tu te tais. Heureusement que elle (elle désigne les dunes), elle vient toujours me voir, chaque fois que je suis ici. À elle, je lui dis tout, même ce que je cache à Ouarda et à Yacine. Elle m'écoute. Elle prend jamais la colère.

– Qui, « elle » ?

Elle ne répond pas. Ses yeux balaient les dunes, effleurent les palmiers, avant de se reporter sur moi :

– Avant que tu viennes, les arbres, ils étaient rouges dans Lafrance ?

– Certains, oui, comme à chaque automne.

– Je voudrais beaucoup voir un arbre rouge. Samia dit que chaque fois qu'ici les dattes sont mûres, les arbres sont rouges dans Lafrance.

– Oui, c'est vrai.

– Ce serait joli un palmier rouge. Chez nous, le ciel, le sable et le palmier sont toujours de la même couleur et il y a pas d'arbre.

– Et les palmiers ?

– Le palmier, lui, il monte au ciel tout fermé. Je voudrais beaucoup les grands arbres qui s'ouvrent et qui font beaucoup d'ombre et qui deviennent rouges quand les dattes sont mûres et qui sont tout nus, juste en bois, quand il fait froid, et qui font des bébés feuilles, toutes propres, quand c'est le printemps. C'est joli le printemps aussi ?

↳ la curiosité pour le monde

1. *M'rabet* : marabout.

– Oui, très. Tu verras les saisons dans le nord de l'Algérie.

– J'ai jamais vu le Tell. J'ai jamais vu la mer. J'ai jamais vu les grands arbres qui s'ouvrent. J'ai jamais vu le printemps. Samia dit que le printemps du désert, c'est que le vent de sable. Elle dit que les gens d'ici peuvent pas changer parce que, chaque année, le vent de sable les enterre quand les autres vivent un nouveau printemps. Elle dit que les hommes peuvent pas bien aimer les femmes et les filles là où y a jamais les fleurs du printemps. Elle dit que la vie est un festin avec des arbres rouges. C'est quoi un festin ?

– Un repas de fête.

– J'aime pas les fêtes. Elles me donnent toujours envie de pleurer. Mais là, elle exagère ma sœur Samia, le vent de sable est très beau, très fort, plus fort que tous les autres vents. Lui, il change le ciel, il l'efface. Et puis, chez nous aussi y a des hommes qui aiment les femmes et les filles, comme Yacine, sauf qu'ils sont pas beaucoup.

– Tu n'as donc jamais quitté Tammar ?

– Nous, on part jamais et les nomades sont comme ma sœur Samia, ils ont perdu leurs espaces. Alors ils viennent plus dans l'oued. Des fois dans mon rêve, les palmiers sont rouges et y a plein, plein de jolis nuages dans le ciel : des blancs, des gris clairs et foncés, beaucoup de violets et même des noirs. Ça fait de l'ombre sur toute la terre. Y a de l'eau qui dort dans l'oued. De l'eau qui dort. Un rêve transparent. On voit son dedans et son dehors. On voit des galets brillants comme des étoiles mouillées au fond et aussi on voit les nuages qui nagent dans l'eau et des palmiers qui dansent couchés. Y a de l'herbe et des fleurs et des papillons. Y a les *kheïmas* [1] des nomades et leurs chameaux. Y a beaucoup de grand-mères qui racontent les voyages. Le Petit Sultan se baigne dans l'oued et regarde son étoile. Le *Bendir* joue son tam-tam et casse les grappes de

1. *Kheïma* : tente.

98

dattes. Les enfants courent manger les dattes et crient de joie. Djaha s'amuse. Il a une gandoura en nuage blanc. Son âne a les yeux bleus et un ruban rose au cou. Targou fait ses farces, juste pour faire rire les femmes. Et les femmes disent pas des méchancetés sur elle. Elles ont pas peur d'elle, non. Elles rient ensemble. Moi, je vois tout de ma cachette en haut d'un palmier. Quand je veux voir personne, je grimpe là-haut. Ça doit être beau, un palmier rouge.

– Certainement, oui.

– Regarde, il y a des hommes, là-bas, qui nous zyeutent.

– Qui nous regardent.

– Samia, elle dit ça. Elle dit, ici les gens regardent pas. Ils zyeutent. Ils ont leurs yeux collés sur ta peau, collés sur toi jusqu'au sang, comme des sangsues, comme des sauterelles, partout sur toi, même sous tes habits et même, ça fait des boules dans ta poitrine. Ça te fait tromper les pieds pour te faire tomber.

– Trébucher.

– Oui, trébucher. Elle dit qu'avec tout ce qui est interdit par le désert, par Allah, par les coutumes de nos mères, toutes les faims, toutes les soifs, les yeux ont la misère concentrée, tout l'enfer dans la pupille. Elle dit qu'à cause de cet enfer, les yeux sont brûlants et brûlés. Ils peuvent pas regarder. Ils peuvent que zyeuter. Il faut qu'ils touchent, qu'ils palpent, qu'ils pincent les choses comme les aveugles font avec leurs mains, juste pour savoir ce que c'est. Moi je crois qu'elle a raison, ma sœur Samia. C'est pour ça que, moi, je zyeute si fort les rêves. Mes yeux les touchent. Alors je crois qu'ils existent pour de vrai. C'est quoi le vrai ?

– Tout ce que l'on ressent très fort est vrai.

Elle réfléchit puis décide :

– Il faut que je rentre.

Elle se lève et demeure là, visiblement sans grande envie de partir.

– Zyeute-le, lui qui vient là-bas. Il s'appelle Vincent, comme un *m'rabet* de chez lui mais, lui, il est pas *chérif* [1]. De loin, on dirait Yacine. Vincent, il est peut-être vrai fils de vrai, lui?

---

1. *Chérif* : descendant du prophète (pluriel, *chorfa*).

VI

VINCENT

Je l'attends et je ne sais plus que faire de mon corps et du temps dans l'étau de cette attente. Après un petit déjeuner et un tour dans la palmeraie, je regagne ma chambre. Je sors la radio-cassettes qui était restée dans ma valise. Je mets la *Neuvième* de Beethoven et je m'installe devant la porte-fenêtre, face à la dune. La symphonie monte en moi comme une marée, glorieuse, conquérante et, dans l'explosion des chœurs sur les scintillements des instruments, m'emporte vers l'appel fauve de l'erg. Ses flots lèchent la dune, roulent sur elle et lui murmurent d'autres rivages, d'autres visages, des forêts capiteuses dans le secret des mousses, des rêves brûlants dans le cœur blanc des hivers de nord qui craquent de froid. Cet hymne devient, ici, une célébration du ciel, une jubilation de la lumière qui remplit mon attente de ferveur et de joie.

Moh est venu me voir, en fin de matinée, et j'ai eu toutes les peines du monde à le congédier, sans trop froisser sa susceptibilité. En fait, pour y parvenir, j'ai dû lui promettre que j'irais manger chez lui demain midi.

— Et qu'est-ce que tu vas faire tout cet après-midi et ce soir ?

101

– Je dois travailler, figure-toi, ai-je menti.

– Travailler ?

– Oui, j'ai quelque chose à rédiger… un document à finir que je laisse traîner depuis longtemps. C'est un peu pour cela aussi que je suis venu me mettre au calme ici.

– Toi, tu viens dans le désert pour travailler ! a-t-il bougonné, pas très convaincu.

Je suis resté là, une main sur mon rein, entre Rilke et Beethoven, entre dune et ciel, à l'affût dans ma patience. On retombe en amour, comme en enfance, avec une mémoire et une conscience expurgées de leurs défenses devenues caduques et encombrantes.

Dalila est perchée sur sa dune depuis un moment déjà, et je me suis fait violence pour ne pas aller la rejoindre, quand arrive Sultana. Je la vois garer l'insolite voiture rose devant l'hôtel, y entrer pour en ressortir aussitôt et se diriger vers la dune. Mon cœur s'accélère et toque contre mes côtes comme s'il voulait s'échapper de moi et s'élancer vers elle. Elle porte une robe d'un bleu pervenche. Une longue écharpe blanche flotte le long de son corps. Elle a un grand sac blanc et des chaussures de même couleur, qu'elle ôte et tient à la main lorsqu'elle s'attaque aux sables. Ses boucles de jais tombent en crinière sur ses épaules.

Je descends dans le salon pour me tenir prêt mais je veux les laisser seules un moment. Je les espionne par la fenêtre du salon de l'hôtel en essayant de calmer mon cœur fou.

La discussion s'engage et bientôt s'anime car Dalila a ces gestes vifs avec lesquels elle ponctue ses colères et ses convictions. Je les guette comme un chat, comme un chat qui goûte et mesure la lenteur succulente du temps, à l'aune de son ronron voluptueux.

Quand Dalila se lève enfin, je quitte précipitamment l'hôtel pour ne pas la manquer et pour ne pas laisser à l'autre le loisir de s'éclipser. À peine suis-je auprès d'elles, que l'appel du muezzin déchire le crépuscule. Dalila sursaute :

— Il est tard. Je vais me faire gronder. J'ai des choses à te demander, ajoute-t-elle à mon intention, tu vas pas partir ?

— Non, non, je ne pars pas encore.

Rire qui roucoule. Elle s'en va à pas lents.

— Pourquoi restez-vous là ? demande brusquement la femme.

Et, sans attendre ma réponse :

— Regardez-les, il est impossible d'avoir la paix ne serait-ce qu'un instant.

Un groupe d'hommes, devant l'hôtel, ne nous lâche pas des yeux. Ils n'ont pas l'air avenants.

— J'imagine que cela doit être très pénible…

— Pénible est, ici, un euphémisme. Cependant, poussé à l'extrême, même le tragique verse dans la caricature, le burlesque, le grotesque. Mais qu'ils plantent donc leur regard jusqu'à la garde, qu'ils zyeutent comme dit si bien Dalila, qu'ils condamnent, vocifèrent ou insultent, ils ne pourront jamais atteindre que le vide en moi.

— Le vide ?

— Oui, là où il n'y a plus personne, cet « espace perdu » dirait Dalila… Comment vivez-vous l'organe de quelqu'un d'autre dans votre corps ? me demande-t-elle de but en blanc.

— Comme… quelqu'un de semblable et de différent, soudé à moi. Je n'arriverai jamais à considérer que je n'ai de l'autre qu'un organe, à concevoir un humain en pièces détachées au bazar de la transplantation. Ce rein n'est que notre point de jonction.

— C'est drôle, dit-elle avec un petit rire nerveux, vous, vous intégrez un absent. Moi, je me désintègre. Je m'absente de moi-même. Mais, y a-t-il une différence entre vous et moi ? Entre l'absence en soi et l'absence de soi ? Je ne sais pas. Je ne sais pas.

– Parce que vous vous sentez désintégrée? *scattered*

– Oui en plusieurs moi dispersés.

– Mais pourquoi cette impression?

– Peut-être par la constance de l'inacceptable et par quelque chose de cassé en dedans. Vous en perdez votre cohésion. Vous devenez plusieurs êtres insaisissables, comme des métaphores exacerbées de vous-même, projetées dans le possible, dans le tolérable. Mais être ainsi éparpillée, c'est ne plus être, non?

– Au contraire c'est être dans l'absolue liberté, hors du corps, hors du temps et hors de leurs contingences. J'aurais aimé éprouver cela. Moi, pendant des années, je n'ai pu être que dans un moi malade, empêtré par un corps devenu traître et exsangue. Vous les médecins, même en étant quotidiennement au contact de dialysés, vous ne pouvez guère avoir qu'une approche intellectuelle de leur ressenti. Vous restez à l'extérieur, observateurs actifs. Le patient subit. Il est enfermé dans un état inférieur. L'état d'un danger qu'il ne peut maîtriser.

» Vous créez "un abord vasculaire". Vous "artérialisez" une veine pour lui donner un débit suffisant à une circulation extra-corporelle. Vous appelez ça un "pont artério-veineux", une "fistule". Pour moi, le malade, cette chose c'était un petit cœur qui battait à mon poignet, un relais électrique qui me branchait à une mécanique savante, qui me faisait entrer dans l'horrible. Mais l'horrible m'était devenu indispensable. Ma peau était couverte de cicatrices et d'anomalies, d'orifices faits de bric et de broc, accessibles ou bouchés. Elle ne délimitait plus une intégrité. Et puis à regarder mon sang gambader dans des tubulures, mes yeux se liquéfiaient. Ils devenaient comme des isotopes inquisiteurs. Artère du rein artificiel, ses fibres-filtres, sa veine, ils revenaient dans mon corps avec le retour du sang. Ils coulaient, couraient dans cet état du danger. En alerte, ils humaient les humeurs, recherchaient les tumeurs. Subrepticement, la peur s'est emparée de moi et m'a retourné sur moi-même comme une seiche. Je me suis

furtively

noyé dans mon tréfonds, dans l'encre de la maladie. Mais vous, pourquoi cette fuite dans la dispersion?

– Je ne sais pas. En partie, sans doute, à cause de l'enfant, morte en moi. Peut-être aussi à cause des terres. Le désert. Oran. Paris. Montpellier. Morcellement des terres et morcellement du paysage intérieur. Les terres qui vous sont chères, et que vous êtes contraint de quitter, vous gardent à jamais. À force de partir, vous vous déshabituez de vous-même, vous vous déshabitez. Vous n'êtes plus qu'un étranger partout. Impossible arrêt et encore plus impossible retour.

– Vous avez dit une enfant morte?

– Oui, l'enfant que j'ai été et qui en veut à l'adulte de lui avoir survécu. Elle l'a reniée. Elle l'a répudiée. Elle l'a déshéritée et morcelée. Restée dans son ksar, elle y erre en rasant les murs avec des yeux éteints sur des ruminations sans issue, sans oubli. Cependant, elle ne manque pas de persécuter celle demeurée en vie. Elle la bride et la tient toute. Elle est son premier exil.

– Vous voilà bien sombre... et qui êtes-vous avec cette diversité? Je devrais peut-être dire adversité?

– Adversité, oui. Qui suis-je avec une telle donne? Je ne sais pas très bien. C'est une sensation indéfinissable. Qui a dit que la peur de la folie était déjà la folie? Fernando Pessoa, je crois. Peut-être suis-je un peu là. D'où la fuite dans plusieurs êtres entrecroisés.

Elle lève les yeux et me fixe soudain avec embarras :

– Je n'en ai jamais parlé auparavant... Je ne vois pas pourquoi je vous assomme, vous, avec cela.

Elle s'accroupit comme pour s'apprêter à partir. Je ferai n'importe quoi pour la retenir.

– Oh! Vous ne m'assommez pas, au contraire! m'écrié-je avec empressement. Moi non plus, je ne dis jamais rien aux autres, depuis longtemps. J'ai appris, à mes dépens, qu'à partir du moment où une terrible discrimination s'abat sur vous, non seulement vous n'êtes plus la même personne, mais le monde entier vous est changé. Imaginez... Imaginez que vous vous réveillez le matin d'un jour comme les autres, croyez-vous. Vous

vous regardez dans la glace : même visage encore embrumé de sommeil. Mêmes vieux cernes qui ne vous étonnent plus. Mêmes yeux qui s'observent avec le même ennui. Vous allez aux toilettes. Vous savez que vous ne pouvez rien entreprendre avant d'avoir vidé la vessie qui vous pèse tous les matins. Merde alors ! Vous pissez du sang ! À votre insu, sans aucune alarme ni douleur, quelque chose est là, tapi en vous et qui vous ronge. Elle se révèle brusquement à vous par cette rupture sanglante de l'habituel. Vous restez perplexe devant la cuvette pleine de rouge sans parvenir à tirer la chasse. Vous réfléchissez un instant. C'est le rein, réalisez-vous. Je dois avoir un calcul ! Pour le commun des mortels, que peut bien avoir d'autre le rein, pour pisser du sang ? À l'évidence beaucoup sont ainsi, à fabriquer du tartre comme de vieilles bouilloires, c'est banal et connu. C'est rassurant. Vous vous rappelez que l'un de vos amis en avait terriblement souffert. Vous vous tâtez le ventre et vous êtes presque déçu de ne rien ressentir. « Ce ne doit pas être un bien mauvais calcul », concluez-vous. Vous tirez la chasse et votre sang s'en va comme les excréments aux égouts.

Elle s'est de nouveau laissée choir sur le sable. Elle regarde vers le large de l'erg mais je sais qu'elle m'écoute. Je continue :

– De médecins en analyses, vous aboutissez dans un service de néphrologie. Là, on ne vous demande pas si vous savez quoi que ce soit. On vous assène tout. « Néphrologie, du grec *nephros*, rein », vous signifie une bouche du haut de son importance. On exclut vos petits calculs. Et, d'un mot barbare, on vous cloue votre mal véritable. « Qu'est-ce que c'est que ça ? » dites-vous hébété. On vous répond d'un adjectif définitif : « incurable ! » « Incurable ? Incurable ? » Ce mot abrase votre bouche. Vous ne trouvez pas une goutte de salive pour l'avaler. On vous a asséché. Incurable !

» Autour de vous, d'autres "patients" avec d'autres étiquettes et à divers stades de leur incurabilité. Schéma catastrophique de votre futur immédiat. Futur immédiat, oui, car outre "incurable", les seuls mots du jargon médical à votre propos, que vous avez retenus sont : "évolution rapidement progressive". Vous repartez, sonné.

» Une profonde métamorphose s'opère en vous à cette première sortie d'hôpital. Par un effet paradoxal du choc subi, la myopie avec laquelle vous avez, jusqu'alors, appréhendé le monde, a disparu. Et cette vision brutalement réajustée, aiguisée, devient votre seconde maladie. Pour la première fois, vous découvrez la vie comme vous ne l'avez jamais vue, avec ses traits cruels et l'éternité concentrée dans l'instant. Vous devenez doué d'une sorte d'acuité cosmique pour sonder le microscopique extérieur et intérieur.

– Oui, je comprends.

– Ensuite, de consultation en consultation, l'aggravation de votre état et l'avalanche des mises en garde et des interdictions médicales : attention à l'hypermachin ! Gare à l'hypochose ! Tant de menaces et de rébellions vous guettent : potassium, calcium, phosphore, sel, eau... Vous n'êtes que cela. Vous n'êtes plus qu'un peu de chimie en désordre avec une tête de mort à ses deux extrêmes : hyper et hypo ; une peur qui danse la gigue entre l'hyper du stress et l'hypo de la neurasthénie. La néphrologie est une hypermédecine qui s'est édifiée en sauvant des individus de la mort, certes, mais en faisant d'eux, du même coup, des hypo hommes asservis à une machine pieuvre aux tubulures-tentacules : le rein artificiel. C'est cela ou la mort ! Circulez, il n'y a pas de choix.

– Vous avez été dialysé durant longtemps ?

– Cinq ans. Cinq années durant lesquelles j'ai essayé de me préserver des effets morbides de la chronicité, d'arracher un peu de ma dignité à un assistanat médical despote et vorace. Je me suis dialysé seul, à la maison, de nuit, pour pouvoir continuer à travailler le jour. Résultat : ma compagne a foutu le camp, le cercle de mes amis s'est effeuillé comme une fleur subitement fanée. Mais le pire c'est de vivre avec ce germe de la mort dans son corps.

– Que voulez-vous dire ?

– Deux de vos organes ont refusé de faire en silence leur travail pour mourir, enclenchant en même temps le processus, juste un peu différé, de votre mort intégrale sans l'intervention de la machine. Du coup la suspicion vous gagne quant à vos autres organes. Que me trament-ils, ceux-là ? Leur absence de signe ne vous est plus qu'une menace sournoise. Ne sont-ils pas tous en train de se liguer contre moi ? « Docteur et mon foie ? Docteur et mon cœur ? Et mon estomac ? » On vous rassure. « Tout le reste va bien ». Bien ? ! Sauf que tout le reste souffre de la défaillance des reins et que même le zizi n'est plus qu'un bout de bidoche sans vie : ni côté pipi ni côté bandaison.

– Mais à présent, avec cette greffe exceptionnelle, le cauchemar est terminé, non ?

– Oui, terminé. Maintenant, ce qui me travaille, c'est cette absence greffée en moi, une interrogation qui n'aura jamais de réponse. Un jour, le téléphone sonne. Vous décrochez : « Monsieur Chauvet, nous avons un rein pour vous ! » Ce moment à la fois attendu et redouté vous fauche les jambes. Vous auriez tant aimé avoir quelqu'un auprès de vous en cet instant. Vous êtes seul. Vous l'êtes depuis si longtemps que c'en est devenu votre état normal. Personne à embrasser. Personne contre qui se réfugier. Mais dans un hôpital de la ville, un bout de chair morte vous appelle et vous attend dans un bocal froid. Vous ne serez plus jamais seul. Un rein mort qu'on couche contre l'un de vos propres reins morts. Un rein mort qu'on abouche à l'artère, à la veine et à l'uretère de votre rein mort. Un rein mort qui revit de votre sang, qui se met à uriner votre maladie, qui vous donne cette joie simple et jusqu'alors insoupçonnée : pouvoir pisser de nouveau. Une poignée de cellules d'un autre corps vous libèrent de la prison de la machine.

– Savez-vous de qui est ce rein ?

– C'est celui d'une femme, d'une Algérienne.

– D'une Algérienne ? !

– Oui, du moins d'origine. Je ne sais rien d'autre sur elle. Quelle émotion de savoir que j'avais la même identité tissulaire qu'une femme et une femme d'ailleurs, de surcroît ! Ceux qui tiennent des propos mensongers sur les races feraient bien de jeter un œil à la génétique !

Voilà, je me suis jeté, angoisses et tourments, déprime du zizi et suicides d'entrailles, sentiment de mutilation, passé solitaire et présent de ma gémellité salutaire, son étrangeté solidaire, en vrac à ses pieds pour qu'elle ne parte pas. J'ai même failli y mettre, en sus, la mémoire de ma mère, l'antisémitisme, les camps et tout le chambardement. Je me suis retenu. Un reste de pudeur malgré l'embrasement. Mais ses yeux sont si lointains, si inaccessibles. Les hommes qui nous observent toujours commencent à m'inquiéter mais ne la gênent pas. Où est-elle ? Qui est-elle maintenant ? Une petite fille morte de je ne sais quoi à Aïn Nekhla et qui erre dans sa mort ? Une passante à Paris dans l'anonymat sans frontière de l'exil ? Une femme qui marche sur une plage française en embrassant des yeux la Méditerrannée, ce cœur immense qui bat entre les deux rives de sa sensibilité ?

– Quelle est votre profession ?

C'est tout à fait elle, cette façon de vous cueillir, impromptu, d'une question. Un don de sa diversité, certainement. Pendant que l'une d'elle, en vadrouille, s'applique à vous égarer, une autre vient vous surprendre comme par-derrière.

– Je suis prof de maths à l'université à Paris.

– Mais, nous sommes hors des périodes de vacances scolaires, que je sache !

– Oui. Après la greffe, j'ai pris une année sabbatique pour voyager et gommer en moi les traces des privations dues à la maladie.

109

– Vous n'allez pas rester, ici, toute votre année sab-batique ?

– Non. Après le désert, j'irai lézarder en voilier sur les rives de la Méditerranée.

– En voilier ?

– Oui. Je suis arrivé en voilier à Oran.

– En pleine mer, on doit éprouver les mêmes sensations que dans le désert, non ?

– Oui, tout à fait. Au printemps prochain, je partirai vers la Grèce et la Turquie. Si cela vous tente, vous serez la bienvenue.

– Il se fait tard !

En effet, le couchant n'est plus de feu. Une nuit sourde gagne le ciel par contagion. Une ombre brune sommeille déjà dans le creux des dunes. De leur houppe, les palmiers piègent le soir et le condensent en leur tronc.

– J'ai soif, dit-elle en se levant.

Nous descendons la dune lentement. Notre passage devant les hommes, accroupis à côté de l'hôtel, soulève une nuée de marmonnements. Je ne me sens pas très rassuré.

– C'est parfois un avantage de ne pas comprendre la langue d'un pays, me jette-t-elle d'un ton acide.

– J'ai tout de même saisi le mécontentement.

Dans le bar de l'hôtel, quelques hommes sont attablés devant des bières. Elle se dirige vers le comptoir et en commande une, elle aussi. Le garçon la lui sert avec une rage non dissimulée.

Avec un sourire en coin et en s'adressant à mon image dans la glace :

– Savez-vous que dans la plupart des grandes villes les bistrots refusaient de servir les femmes ? Ailleurs, le problème ne se posait même pas. Il y a quelques progrès, malgré tout, ironise-t-elle suffisamment fort pour être entendue par la salle.

Un brusque silence s'abat sur les hommes. Je demande un pastis pour le rompre. Et je rougis en prenant conscience du tremblement de ma voix. Le garçon hausse les épaules et s'écrie :

— Pastis, pastis, y en a pas ! Y a que la bière et encore des fois seulement. Le pastis c'est à Marseille. Ici, avant, il y avait l'anisette. Tu connais l'anisette, toi ? Mais l'anisette, elle est partie avec les pieds-noirs. Ils savaient vivre les pieds-noirs. Quoi ? Il faut dire la vérité, ou *Allah* ! dit-il à l'adresse de la galerie. Puis il reprend à mon intention : *Ouach* [1] ? Les filles, elles sont *hatta* en France ?

Un rire forcé de la salle lui fait écho. À l'évidence, sa boutade a desserré d'un cran la tension.

— Que signifie *hatta* ? demandé-je à la jeune femme.

— *Hatta*, ça veut dire zazou, branché comme vous dites en France, me réplique le garçon.

— Donnez-moi une bière alors, s'il vous plaît.

Tout en me servant et d'une voix abrupte, il pose une question en arabe à la jeune femme. Elle l'ignore et continue à fixer la glace d'un regard vague. Le silence pèse de nouveau. Dans le miroir, les yeux des hommes sont des poinçons.

— Avez-vous une cigarette ? J'ai laissé mon paquet dans mon bureau.

Je lui en tend une et lui demande, de plus en plus mal à l'aise :

— Que veut-il savoir ?

— Qui je suis. Puis en toisant le garçon : Nous ne sommes certainement pas du même pays !

Et, empoignant son sac, elle en sort de la monnaie qu'elle dépose sur le comptoir.

— Laissez, laissez ! dis-je.

— Au revoir.

J'abandonne ma bière et m'élance à sa suite.

— Pourquoi partez-vous si vite ? Moi qui voulais vous inviter à dîner.

— Je ne peux pas rester ici. Et puis me montrer avec vous, vous causerait des ennuis. Du reste on m'attend.

1. *Ouach* : quoi ? alors ? (mot spécifique à l'Oranie).

111

– Vos patients, oui, je comprends.

Elle continue vers la voiture sans rien dire.

– Puis-je vous appeler si j'ai besoin de vous ?

Elle ouvre la portière, s'engouffre dans le véhicule, ouvre son sac, y farfouille, en retire un bout de papier et un stylo, y griffonne deux numéros de téléphone.

– Tenez, celui de la maison de Yacine et celui de l'hôpital. Au revoir.

Elle démarre en trombe.

J'en suis malheureux. Après un moment d'égarement, je retourne au bar. Ma bière est chaude avec un goût de pisse.

– Qui c'est, celle-là ? attaque le garçon pour tous ces yeux posés là dans le miroir, avec leur cri de faim, avec leur trouble attisé, avec leur incompréhension, avec la tristesse de leur mâle exil et leur malvie.

– Un médecin.

– Un docteur ? ! Même docteur, une femme ne va pas boire de la bière et parler comme ça aux hommes dans un bar !

Je quitte les lieux. Je marche dans les rues, dans mon désarroi. Je marche longtemps. La nuit m'est bénéfique. Je ne traîne pas un Moh ou un sillage d'enfants derrière moi. Je peux déambuler, penser librement. Ce soir, première fraîcheur, premier frisson. Cela me fait du bien. Il est tard lorsque je m'arrête enfin devant une gargote.

– Est-ce que je peux manger ?

– *Batata koucha*, m'annonce un monsieur âgé, rondouillet, à l'air sympa.

– C'est quoi ?

– Des patates au four, eh ! clame-t-il comme s'il s'était agi d'une évidence.

Les patates au four sont en ragoût. Qu'importe, elles sont vraiment délicieuses.

– Tu veux un peu de vin ?

– Vous en avez ?

– Eh, y a tout chez Tayeb !

Clin d'œil et il disparaît derrière un rideau.

– Goûte-moi ça et on discute après. C'est moi qui l'ai mis en bouteille et tout et tout ! Et j'te dis qu'ça.

– Je goûte.

Son œil pétille, sa moustache frémit.

– Hum, fameux, fameux !

– Fameux, hein ? Mon copain à El Malah, ex-Rio Salado, il prend un bon cépage et il fabrique son vin à la pied-noir, pas à la « moro ». Tu connais cette expression de chez nous ?

– Laquelle ?

– « *Trabajo moro, poco y malo* ! [1] »

Il s'esclaffe.

– Qu'est-ce tu veux, il faut bien rire un peu de soi, sinon tu crèves de tristesse. Allah est grand ! Aïe-aïe, le vin qu'y avait avant ! Moi, je vais le chercher là-bas, en cubi et je le mets en bouteille, rien que pour les connaisseurs. Les autres, ils boivent n'importe quoi, même un poison islamique : moitié pétrole, moitié mafia, moitié couillon. Qu'est-ce tu veux ? C'est comme ça notre pays aujourd'hui, *maâleich* [2], Allah est grand.

Il s'assied en face de moi, se gratte l'arrière du crâne et repousse sa chéchia vers l'avant.

– Je vous offre une tournée, proposé-je.

– Rien que pour te faire plaisir, affirme-t-il débonnaire.

Il se lève et d'un pas sautillant s'en va quérir un verre. Je le sers.

– Comment ça se fait que vous n'ayez personne ?

– Eh, tu peux me dire tu ! Les hommes y peuvent pas manger dehors, rien que ceux qui sont de passage. Ce soir, y a que toi. Les hommes d'ici, y viennent que pour boire, avant de rentrer chez eux ou après manger, ça dépend. Des fois, ma *batata koucha*, je la garde trois jours, eh attention, dans le frigidaire, et après je la donne aux enfants de la rue. Qu'est-ce tu veux ? C'est

1. *Trabajo moro, poco y malo* : travail arabe, peu et mal.
2. *Maâleich* : cela ne fait rien. Tant pis.

comme ça. Même dans le désert, on n'a pas de touristes et ceux qui viennent, ils amènent leur manger avec eux. Qu'est-ce tu veux ? Allah est grand.

– Tu as des enfants ?

– J'ai deux grandes filles à l'université. Elles travaillent bien. Je leur dis mes filles, restez dans la grande ville même si c'est aussi difficile, au moins, personne y vous connaît. Eh, ici, c'est pas une vie. Si tu pètes de travers, même les morts, y savent. Y savent le bruit que tu as fait et même l'odeur ! Alors quand je veux voir mes filles, je prends leur mère et je vais à Oran. Et puis j'ai quatre garçons au lycée. Qu'est-ce tu veux. Allah est grand.

Il sort une blague à tabac avec un compartiment « shit ». Il se roule une cigarette, la mouille copieusement de la langue et me la tend.

– Tu veux ?

– Je n'en ai jamais fumé.

– Eh, essaie !

Je prends la cigarette de sa main et je fume en buvant. Une torpeur un peu euphorique me gagne. Le verbe de Tayeb m'est savoureux. Sa jovialité, sa convivialité, sa simplicité, tout me réjouit en lui. Un visage bon enfant, serein, peut-être le vrai visage de l'Algérie. Je le quitte lorsque sa gargote est comble. Il me roule une dernière cigarette : « pour la route ». Je promets de revenir.

Je trouve l'hôtel désert. Arrivé dans ma chambre, l'envie me prend de l'appeler à Aïn Nekhla. J'ai beau tenter de me raisonner en regardant ma montre, dont les aiguilles marquent minuit, en tournant dans l'espace exigu de la pièce comme d'autres tournent sept fois leur langue dans la bouche avant de parler, mon besoin de l'entendre est irrépressible.

Je compose le « numéro de la maison de Yacine ». On décroche aussitôt.

– Allô, pardonnez-moi d'appeler si tard, j'avais tant envie de discuter avec vous.

114

—...

Quel culot !

– Si je vous importune, dites-le-moi.

—...

– Toute la soirée, je n'ai fait que penser à vous. Ce serait formidable si vous veniez avec moi en bateau.

—...

– Je crois que je vous embête, si tard.

—...

– Excusez-moi. Bonsoir.

– Attendez !

Elle a crié.

– Oui ?

– Attendez… Une voiture m'a suivie tout le long du trajet entre Tammar et Aïn Nekhla.

– Vous devriez faire attention. Une femme seule au volant, la nuit, sur une route déserte, cela peut être dangereux !

– On ne m'a pas attaquée. On n'a fait que me suivre.

– Avez-vous une idée de qui c'était ?

– Il n'y avait personne dans la voiture.

– Comment cela ? Une voiture vous suit sur une route et vous affirmez qu'elle était vide ?

– Oui. Elle est toujours restée à une cinquantaine de mètres derrière moi. Un moment, je me suis arrêtée…

– Vous êtes imprudente !

– Elle s'est arrêtée aussi. C'est là que le soupçon m'est venu. J'ai mis la marche arrière. Elle n'a pas bougé. Je me suis approchée encore un peu. Malgré l'éblouissement des feux, j'ai bien vu qu'il n'y avait personne dans la voiture.

– Le conducteur a dû se baisser.

– Je crois qu'il n'y a personne dans cette voiture.

– Il n'y a ?

– Oui. Quand je suis arrivée ici, elle a stoppé juste après moi. Elle est encore là, moteur en marche, phares allumés et braqués sur la maison. Il n'y a personne dedans.

– Pourquoi n'appelez-vous pas la police ?

– Pourquoi voulez-vous que j'appelle la police ? Pour affronter le même scepticisme que le vôtre ? Non merci !

– Vous n'avez pas peur ?

– Si un peu, surtout que Yacine refuse même de me regarder, ce soir.

– Yacine, votre ami ?

– Oui.

– Mais il est mort !

– Oui… mais il est là, devant son chevalet. Il peint et m'ignore.

– Que peint-il ?

– Une femme de dos.

– Je crois que vous êtes trop fatiguée. Vous devez avoir les nerfs un peu ébranlés. Yacine vous était très cher ?

– Oui. Mais je l'ai quitté et je suis partie. Il y a long-temps. Parfois on est obligé de quitter même ceux qu'on aime.

– Voulez-vous que je vienne ?

– Non. Pourquoi ne veut-il pas me regarder ? Cela m'est insupportable !

– Mais il est mort, enfin ! Vous devriez chasser toutes ces visions, vous coucher et essayer de dormir.

– Je n'y arriverai pas.

– Alors je viens. J'ai trop envie d'être auprès de vous. Je veux voir cette voiture qui roule vide et aussi ce mort qui se lève pour peindre.

Je raccroche sans lui laisser le temps de me redire non.

Pas une âme qui vive sur la route et dans les rues d'Aïn Nekhla. La nuit est sombre, cependant je n'ai aucun mal à trouver la « maison de Yacine », quelque cent mètres après l'hôpital. Une grande bâtisse blanche, d'architecture coloniale, mâtinée de mauresque. Seule la voiture rose est garée devant. De la lumière filtre des persiennes.

Je gravis les marches du perron. Je sonne. Elle m'ouvre. Ses yeux me paraissent démesurés, fixes et déserts. Elle me laisse entrer sans un mot, sans manifester ni agacement, ni plaisir. Je pénètre plus avant. Au milieu du séjour, un chevalet avec une toile vierge. Je me tourne vers elle.

— Il est parti quand vous avez sonné. Il a emporté le tableau qu'il exécutait. La voiture aussi est partie dès que le bruit de la vôtre a été audible.

— Vous, vous êtes en train de vous détruire !

Elle hausse les épaules :

— Vous n'allez pas vous y mettre, vous aussi ?

— Me mettre à quoi ?

— À me sermonner. À me soupçonner.

— Qui d'autre vous sermonne ?

— Khaled mon infirmier et Salah.

Son air perdu, ses yeux absents me font mal.

— Avez-vous dîné ?

— Je n'avais pas faim.

— Voulez-vous que je vous prépare quelque chose à manger maintenant ?

— Ai-je l'air malade pour susciter tant de sollicitude ?

— Vous avez l'air épuisé.

Je m'avance vers elle. Je la prends dans mes bras. Elle se laisse faire. Je la porte comme un enfant vers le fond du couloir. J'ouvre la première porte. Je la dépose sur le lit. Elle ferme les yeux. Je m'agenouille à côté d'elle. Je caresse son visage, les boucles de ses cheveux. Je l'embrasse. Elle m'enlace. Je perds pied. Au moment où culmine notre jouissance, dans un soupir, elle dit : Yacine.

VII

SULTANA

Je me réveille avec des vertiges et une grande envie
de vomir. Mon estomac se contracte en vain. Pas même
un peu de liquide à rendre. Seulement cette douleur
perforante. Je m'allonge dans la salle de bains, à même
le sol. Le reflux du sang laboure ma tête, bourdonne à
mes oreilles assourdies. Puis peu à peu, tout s'estompe.
Je me relève avec précaution. Je m'asperge le visage
d'eau fraîche, bois quelques gorgées que je sens descendre le long d'un interminable boyau et se perdre
dans des gargouillis étrangers. Je me fais du café et me
force à manger un biscuit.

En quittant la maison pour me rendre à l'hôpital, la
rue me paraît étonnamment vide. Je m'apprête à la traverser, quand un grand crissement de pneus me fait sursauter. Ali Marbah freine comme un forcené à deux pas
de moi :

– Ce n'est pas la peine de nous la jouer ! Tu n'es que
Sultana Medjahed. Sultana, Sultana, ha, ha ! Sultana de
quoi ? Telle mère, telle fille ! Toi, tu as fais ton chichi
avec moi, mais tu donnes au Kabyle et au *roumi* ! Plus
jeune déjà tu donnais aux *roumis*. Qui t'a eue le premier ? Ce médecin qui s'appelait Challes, hein ? Nous,
on te regardait passer, le nez dans les hauteurs du

119

dédain et on se jurait de te faire une nouba, une poignée de vrais fils du ksar. Un jour on te la fera, tu verras !

Les mêmes gouttes de pus aux coins de ses yeux. La même mouche, sans doute, sur le pus. La même veste déchirée sur son dos. La même haine qui tord son visage et torture ses tics. Et moi, la même aussi. La même Sultana. Toujours en avance ou en retard. Jamais au présent, jamais dans l'aplomb de la repartie. Marbah redémarre et s'en va criaillant et gesticulant dans une cacophonie de mécaniques déglinguées. Je reste, la dague de l'injure dans le cœur, à regarder le véhicule s'éloigner. La colère ne me vient qu'après, trop tard.

Je cours vers l'hôpital et claque la lourde porte derrière moi. Entre ces murs, j'ai toujours éprouvé un sentiment de paix et de sécurité, un moment entre parenthèses. Je m'arrête dans le hall, haletante et le flair aux abois. Quelque chose manque à l'atmosphère à laquelle je me suis réhabituée : l'odeur du café qui couvre, généralement, les relents des divers produits médicaux et les voix qui se racontent et se répondent, par-dessus les violons des gémissements, dans les salles d'attente. Ce silence m'effraie, me menace.

– Khaled !

Aucune réponse. Il doit être dans l'aile hospitalisation, me dis-je. Je regarde ma montre. Il n'est que sept heures cinq ! Khaled n'arrive que dans une demi-heure pour commencer, avec ses deux aides, par les soins du matin. Que faire de tout ce temps jusqu'à neuf heures trente, début de la consultation ? Il n'y a, en hospitalisation, aucun cas critique qui puisse justifier ma présence, si tôt, dans ce secteur.

Je quitte l'hôpital. Le matin est d'un mauve irisé sur le village encore engourdi. Je m'aperçois que je me dirige vers les vieux quartiers. Puis, je m'absente de tout sauf de cette étrange sensation de me marcher dans la tête, dans un somnambulisme inquiet.

Soudain, quelque chose m'arrache à cet état. Je reconnais la maison de mon enfance. Mon corps devient de fer. Je le plie. Je le casse. Je le tasse et

m'assieds en face d'un seuil béant. Il n'y a plus aucune
porte ni là, ni alentour. Les murs et les toits sont pour la
plupart effondrés. Pourquoi suis-je venue ici, ce matin ?
Parce que ce démon de Marbah a parlé de ma mère
avec violence ?

Après la mort de ma mère, mon oncle avait loué la
maison. Cela m'avait semblé une violation. Je la voulais intacte et fermée sur son drame, pour toujours.
Parfois, je passais par ici à l'heure de la sieste. Je
m'immobilisais, craintivement, persuadée que ma mère,
ma sœur et l'enfant en moi, morte avec elles, me
fixaient à travers les interstices des planches de la porte.
J'étais alors submergée par un sentiment ambigu : le
désir de foncer vers elles, de les rejoindre totalement, et
la fuite effrénée à travers les venelles vides du ksar.
J'ignorais encore, alors, la pire des ambiguïtés, la nostalgie, la pire des violations, l'inexorable marche du
temps qui vous égrène et vous disperse, repères vivants
d'un Petit Poucet cynique, tyrannique, qui ne revient
jamais sur ses pas. Il a ruiné mes images d'antan,
détruit mes paysages d'enfant. Mes mortes n'ont plus
de gîte. Elles se sont perdues parmi la diaspora des
ombres qui hantent les éboulis et les démolitions.

Je fais un grand détour par la palmeraie. Marcher
seulement. Marcher longtemps pour éteindre toute sensation, atteindre un blanc absolu.

Vincent m'attend, assis sur le muret de l'hôpital. Il
se lève et vient à ma rencontre dès qu'il m'aperçoit.

– Où étais-tu passée ?

– J'ai fait un tour dans la palmeraie. Besoin de marcher.

– Tu t'es réveillée très tôt.

– Je crois.

– As-tu bien dormi ?

– Oui, assez et toi ?

– Hum, tu n'as rien remarqué, ce matin ?

– Non. Qu'aurais-je dû remarquer ?

121

– Les pneus des deux voitures lacérés, devant la maison.

Je ne puis m'empêcher d'éclater de rire.

– C'est tout l'effet que cela te fait ?

– Je t'avais averti que te montrer avec moi ne t'apporterait que des ennuis.

– Ce n'est pas vrai. Hier soir, j'ai été très heureux même si… Pas toi ?

– Moi, je me contente d'être. C'est déjà si compliqué.

Pourquoi devient-il livide, tout à coup ? Qu'ai-je dit de blessant ?

– Ce forfait est, à l'évidence, l'œuvre du conducteur de la voiture qui t'a suivie hier soir, dit-il, renfrogné.

– Mais, elle était partie quand tu es arrivé.

– Elle est revenue par la suite, c'est sûr. Qu'est-ce que c'était comme voiture ?

– Oh, suis-je bête ! J'avais totalement occulté ce détail important.

– Lequel ?

– Le modèle de la voiture, pardi, où ai-je la tête ? Un modèle introuvable ici. Tu sais, une énorme cylindrée, de type américain. Cela avait renforcé mon impression d'irréalité.

– Irréalité, j'en conviens. Alors tu ne vas pas encore me soutenir qu'elle roulait toute seule, sans conducteur, cette satanée voiture ? !

– …

– Écoute, je vais essayer de trouver des pneus. Toi, tu devrais te reposer. Ne travaille pas, s'il te plaît. Ils se débrouilleront sans toi ! Ils n'ont qu'à demander un médecin de Tammar ! D'ailleurs Salah est du même avis que moi.

– Salah ?

– Oui. Figure-toi, c'est lui qui m'a réveillé tout à l'heure. Il t'appelait d'Alger. Il a dû t'appeler à l'hôpital aussi. Peut-être viendra-t-il par l'avion de ce soir, s'il le peut.

– Pourquoi ? Que lui as-tu dit ?

– Il s'inquiète à ton sujet. Je lui ai seulement confirmé que tu me paraissais exténuée aussi bien sur le plan physique que nerveux.

– Mais je vais très bien. Je te le jure ! Qu'est-ce que vous avez tous à vouloir vous occuper de moi ! J'en ai marre, à la fin !

Ses yeux chavirent de désespoir. Que lui arrive-t-il ? Un coup de foudre ? Il ne me manquait plus que ça. Cependant, je ne peux me défendre d'une certaine émotion. Aussi ajouté-je plus gentiment :

– Je ne pense pas que tu puisses trouver des pneus, ici. Tu devras te rendre à Tammar. Ne prends pas le taxi dont le conducteur porte une barbe et une chéchia blanche. C'est un cinglé.

– Serait-ce lui, le coupable ? T'a-t-il menacée auparavant ? Qu'est-ce qu'il a comme voiture ?

– Une 504.

– Il doit avoir un autre clou de « type américain »... Lui ou l'un de ses amis. Je le jurerais.

– Tu n'as qu'à prendre le bus, au moins à l'aller. Tu le trouveras là-bas sur la place. Et conseil pour conseil, j'ai celui-ci pour toi : tu étais venu découvrir le désert, non ? Alors pars, va le parcourir et laisse-moi à mes occupations.

– À tes préoccupations plutôt.

– À mes préoccupations aussi, oui. Personne ne peut les assumer ou les résoudre pour moi.

– Sans doute, quoique parfois... quant au désert, j'aimerais bien le découvrir avec toi. Toi aussi tu es revenue pour lui, non ?

– À vrai dire, j'ignore encore la ou les raisons exactes de mon retour. Tout est si imbriqué, confus dans ma tête. Et puis tu sais, le désert liberté, évasion, retrouvailles avec soi-même... ce sont là des bagages de touriste. J'en ai d'autres. Hélas bien différents et qui risquent de te décevoir. Crois-tu que je sois représentative des gens d'ici ?

– La petite Dalila est, elle aussi, déjà un être de solitude. Cependant, je suis sûr qu'elle, elle doit pouvoir

123

s'identifier à toi. Je crois que tu dramatises un peu. Mais, peut-être est-ce cela qui m'attire en toi?

— Trêve de palabre, il faut que j'aille au boulot, maintenant.

— Eh bien, à tout à l'heure?

Blanc de ma blouse dans laquelle je me planque. J'ouvre la porte. Ils sont nombreux. Ils vont remplir mon attention et me rassembler, me lier toute dans les gestes du médecin.

Je vois un homme qui a des morpions jusque dans les sourcils et dans les poils du nez.

— Il faut te laver et mettre ce produit.

— Ça ne peut pas partir avec une piqûre?

Grands dieux! J'avais oublié la magie de la Piqûre sur les gens d'ici.

— Non, pas de piqûre pour toi, non.

Je vois une gale si vieille, si surinfectée que le malade n'est plus qu'un prurit, une croûte qui se craquelle et saigne.

— Il faut que tu t'enduises avec cette poudre. Il faut...

Je vois un homme avec un chancre à l'anus, sans doute une syphilis:

— Es-tu homosexuel?

— Je suis musulman!

— Attention au sida! Demande à tes partenaires de mettre des préservatifs.

— Je suis croyant. Je suis musulman!

— La religiosité ne préserve pas des maladies. La foi n'est pas un vaccin.

— Il n'y a qu'une morale qui vaille pour moi: celle de Mohamed.

— Qui parle de morale? Il s'agit là de prévention.

— Tu ne me fais pas une piqûre?

— Oh que si, que si!

C'est avec plaisir que je lui colle une forte dose d'Extencilline, injection douloureuse en raison du produit même. Mais comme le mal ressenti est considéré proportionnel aux vertus escomptées, il repart en boitant, content. L'analyse bactériologique confirmera la syphilis. Je n'ai pas revu le quidam.

Un barbu veut que je le guérisse sans avoir à l'examiner. Il me parle avec ambages, en fixant le mur au-dessus de ma tête.

— Je suis médecin, pas sorcière. Je dois t'examiner.

— Tu es une femme. Tu ne peux pas me toucher. C'est péché…

— Alors sors d'ici !

— Tu ne me fais pas une piqûre ?

— Pour cela tu consentirais, n'est-ce pas, à me livrer une de tes fesses, toi qui n'oses même pas me regarder ?

— C'est la piqûre qui touche, c'est pas toi.

— Eh bien, tu n'auras pas cette gâterie. Sors d'ici, j'en ai assez de ton marchandage !

Je vois un autre barbu avec toute l'humilité et la gentillesse des pauvres gens et dont la barbe n'est qu'un emprunt, sans impact véritable, à la ménagerie qui rôde et qui pue :

— Il faut que je te dise, *tabiba*, il n'y a que la piqûre qui me guérisse.

Un peu d'eau distillée en intramusculaire réjouit sa mine bon enfant. Il plie tant son ordonnance qu'elle finit par ressembler à un talisman. Il la place dans la poche de sa gandoura, contre son cœur. Je suis presque sûre qu'il n'ira pas acheter les médicaments. Sans doute trop chers pour sa bourse. Une écriture contre son cœur et l'intrusion du fer dans sa chair suffisent à déjouer le malaise du jour. Il doit avoir la baraka !

Je vois un troisième barbu qui se défroque sans façon. Pendant que je palpe son ventre, ses yeux passés au khôl me palpent toute, avidement, sans vergogne.

Je vois une enfant de onze ans avec un air hagard, terrorisée :

— Je crois que mon visage a jauni.

— Ton visage a jauni ? Tu n'es pas jaune. Tu as un beau teint bronzé, normal.

– Non, non, proteste-t-elle faiblement, c'est parce que ma marâtre me dit toujours : « Que Dieu te jaunisse le visage ! » c'est-à-dire qu'il m'enlève ma dignité.

– Tu veux dire ta virginité ?

– Oui. Elle me le souhaite si souvent, si souvent, que j'ai peur de l'avoir perdue, ma dignité, et que tous les gens du village, ils le voient sur mon visage qui jaunit.

– Tu ne peux pas perdre ta virginité seulement du fait des incantations ou malédictions de ta marâtre !

Il me faut du temps pour la rassurer et lui faire comprendre aussi que sa chasteté et son hymen ne risquent rien au hammam, autre source de panique, sinon de perdre leur crasse ; qu'un spermatozoïde ne s'attrape ni en s'asseyant, nue, à l'endroit où, quelques instants auparavant, était assis un homme nu, ni comme un virus, par simple changement de la température ambiante.

Les angoisses de la « dignité » restent, à l'évidence, hors de portée. Même la piqûre n'y peut rien.

Je vois une jeune fille au visage fermé et qui ne pipe mot. La femme qui l'accompagne présente une rigidité anormale du visage. Son verbe et ses gestes sont rares, hachés. Au moment où je les accueille, Khaled me fait signe :

– Pouvez-vous venir une seconde à l'infirmerie ?

Je le suis.

– La jeune fille a été engrossée par son frère. Problème de promiscuité, entre autres. Ils sont treize frères et sœurs à vivre avec leur mère dans un deux-pièces. Leur père est mort il y a quelques années. Lorsque la mère s'est rendu compte de la grossesse de sa fille, elle l'a emmenée dans le nord du pays. Elles sont revenues après l'accouchement, seules. On murmure que la mère aurait tué le bébé de sa fille. Depuis, la jeune fille est devenue muette et la mère est raide, tremble et bégaie. Un malheur sans remède !

Des *koulchites* aussi profondes, aussi compliquées, exigeraient que l'aiguille aille fouiller le sang et y injecter, directement, l'antidote de la « souillure ».

Geste superflu, me signifient leurs yeux où le drame s'est fixé à jamais.

Je vois une *koulchite* aiguë, une inflammation de l'âme et de l'être chez une jeune femme de seize ans. Elle vient de se marier. Je vois une *koulchite* chronique, cri muet et gangrène du quotidien chez une mère prolifique : onze enfants et le mari ne veut toujours pas entendre parler de contraception. je vois une *koulchite* terminale, un cœur qui baratte du vide dans un corps d'argile. C'est une femme de quarante ans, sans enfant. Je vois une *koulchite* hystérique... injection de valium pour celle-ci, à la carte pour les autres.

Je vois plusieurs adolescents avec des atteintes cardiaques consécutives à des angines non soignées. Eux, chez qui la pénicilline est indispensable sur de longues périodes, ne viennent aux rendez-vous de « La Piqûre » que de façon folklorique, la régularité n'étant pas une habitude sous ces cieux. Quand la pauvreté se double d'ignorance, le mal le plus banal évolue vers l'incurable, le mortel. Il est des lieux où la vie n'est jamais qu'une mort vicieuse qui se délecte et prend son temps.

Je vois. Je pique. Je couds. je vois. Je pique. Je plâtre. Je vois. Je pique. J'incise. Le buvard de mon être boit. Quand ils sont tous partis. Le dard de leur mal est en moi, lancinant. Les relents de leur détresse étouffent l'atmosphère. Le cabinet me fait l'effet d'une fosse commune, surpeuplée. J'ouvre la fenêtre. Des âmes mortes s'échappent en fumée. L'éclat du ciel est un rire démoniaque qui balaie les derniers gémissements.

Ciel négation, lamentations et misères concentrées, il s'en fout. Les hystéries du vent, les orgies du silence, il s'en fout. Le soleil qui fanfaronne, qui s'incinère lui-même parce qu'il n'a plus rien d'autre à brûler, il s'en fout. Le tourbillon de sable qui bruit et minaude, la nuit qui encre des étoiles en maraude, il s'en fout. La nuit théâtrale, qui se croit fatale, qui sombre ou se fait la belle derrière une lune au sourire de maquerelle. Le jour tanné, le jour damné, ses hallucinations, ses mirages, le jour écartelé entre abîme et fournaise, il

127

s'en fout. Il couvre l'éboulement de l'humain, d'une arrogance immuable.

Je voudrais pouvoir m'en foutre aussi. Je n'y arrive pas. Est-ce parce que la souffrance des autres m'est une médication ? Parce que les chapelets de leurs plaintes me soulagent de moi-même ? Sans doute, car je n'ai pas, vraiment, l'esprit samaritain.

Khaled entre dans mon bureau. La mine tracassée.

– Vous avez bien fait d'ouvrir toute grande la fenêtre, dit-il, l'esprit visiblement ailleurs.

Il me tend une cigarette. Je l'accepte.

– Quelque chose ne va pas, Khaled ?

– Vous n'avez pas faim ?

– Non merci.

– Quand mangez-vous ?

– Oh, j'ai mangé un peu, ce matin.

– Savez-vous quelle heure il est ?

Je regarde ma montre. Elle indique quinze heures vingt.

– *Ya lalla* [1], avec Yacine et les médecins d'avant on renvoyait les gens vers midi trente, en leur disant de revenir vers deux heures et demie. On prenait le temps de manger et de se reposer un peu. Vous allez vous tuer, nous tuer avec vos harassantes journées continues.

– Pardonnez-moi, Khaled. Je n'y ai pas pensé. Mais, à partir de demain, nous adopterons vos horaires habituels. Je vous charge de m'y faire penser. Voulez-vous ?

– D'accord. Venez manger à l'infirmerie. Ma femme nous a envoyé un tajine de gombos.

Je n'ai pas envie de le contrarier davantage. Je le suis à l'infirmerie. Son plat est déjà sur le réchaud à gaz. Pendant qu'il dispose des assiettes et des couverts sur une petite table, il me lance d'un ton qu'il cherche à rendre badin mais qui demeure tendu :

– Vous ne l'avez pas encore utilisée, mais vous avez

1. *Ya lalla :* ô madame.

128

une voiture de fonction dans le garage de l'hôpital. Les clefs sont dans le tiroir de droite de votre bureau. Il vaut mieux l'enfermer le soir. Ils ne vont pas vous lâcher. Maintenant que je sais qui vous êtes, je trouve que Salah avait raison de s'opposer à ce que vous restiez à Aïn Nekhla. Encore qu'il ignorait tout de vous et de votre famille, lui. Les mentalités n'ont pas évolué. Au contraire, elles se sont embourbées. Une femme comme vous est, ici, encore plus en danger qu'auparavant.

– Décidément, c'est la journée... Alors vous savez qui je suis ?

– Oui. Eux aussi, et dans quelques heures, tout le village sera au courant. Ils vont y œuvrer.

« Ils ». Tout le monde ici dit « ils » en parlant de ceux du FIS. Ils, à la fois sauterelles, variole et typhus, cancer et lèpre, peste et sida des esprits. « Ils », endémie surgie des confins de la misère et du désarroi et qui s'enkyste dans les fatalités et les ignorances du pays.

– « Ils » ne me font pas peur ! Quelque étiquette qu'ils puissent porter à présent, il ne s'agit jamais que des visages de la haine de mon enfance. Les régimes et les partis vivent, s'usent et meurent. La misogynie demeure et, de toutes les défaites, se repaît et se fortifie.

– Bakkar le maire est venu il y a une heure. Il n'a pas cessé de fulminer et de remâcher : « Elle ose revenir ici ! Elle est venue me narguer, hein ? On va voir ça ! »

– Toujours aussi imbu de lui-même et aussi hâbleur, celui-là. S'il revient de nouveau, avertissez-moi. Je le mettrai à la porte.

– Méfiez-vous, ces gens-là sont violents. Et maintenant qu'ils ont une parcelle de pouvoir, ils se croient tout permis... Salah a appelé ce matin, avant d'entrer en salle d'opération.

– Il va bien ?

– Lui, il est indestructible, épatant.

Il mange. Je pignoche et mâche sans parvenir à avaler. Il fait mine de ne pas s'en rendre compte. Je lui en sais gré.

Des souvenirs me remontent du temps où j'aidais Paul Challes. Pour essayer de dérider Khaled, je lui raconte comment je m'étais rendu compte, en écoutant les malades, que les premiers suppositoires distribués avaient été fondus dans le thé et bus ; que les pommades ophtalmiques avaient été prises à la petite cuiller et poussées par des gorgées de thé, « impossible de les avaler autrement ! »

Nous venons d'achever la visite aux hospitalisés lorsque Salah fait irruption dans le hall :

— Bonjour la famille ! lance-t-il à la cantonade, avec une jovialité un peu forcée. Puis à mon intention : Ça va ? Le service n'est pas trop lourd ?

— Non, non. Je craignais la maternité mais les sages-femmes m'en déchargent totalement. Je leur ai demandé de s'adresser, en cas de pépin, au gynécologue de Tammar. Pour la routine, elles assurent.

Lorsque nous nous retrouvons seuls dans le bureau, ses yeux jaunes s'allument de fureur. Il attaque :

— Te regardes-tu dans la glace de temps en temps ?

— Pourquoi, je devrais ?

— Oui, tu devrais ! Tu as des cernes louches et un teint de cendre. Ton visage s'est creusé. Tu as dû perdre cinq ou six kilos en trois jours. Comme tu n'en avais pas en excès…

— Écoute, j'en ai assez !

— Tu en as assez ! Tu en as assez ! Tu te laisses périr et tu travailles à dresser le village contre toi ! Où veux-tu en venir ?

— Le village contre moi ? Cela n'est pas une nouveauté ! À la différence que je ne suis plus une enfant impuissante ! Je vais scruter, avec curiosité, comment se déroulera la suite des hostilités. Oublies-tu que c'est le fait que nous ayons dormi sous le même toit qui a tout redéclenché ?

Il baisse la tête et me regarde par-dessous son front buté :

– Sous le même toit, pas dans le même lit. Mon problème est peut-être là. Je suis jaloux, certes, mais je me fais aussi du souci pour toi. Pourquoi dis-tu « redéclenché » ? L'hostilité du village à ton égard n'est pas une nouveauté ? Quels comptes as-tu à régler avec ce village ?

– Cela ne te regarde pas. En revanche si, malgré toutes tes belles remises en cause, tu veux te laisser dicter ton comportement quotidien par des ignares, libre à toi. Mais de grâce, épargne-moi tes mises en garde !

– Il ne s'agit pas de me laisser dicter quoi que ce soit ! Nom de Dieu, comprends-tu que nous vivons une époque explosive ? Fais comme les autres Algériennes, les vraies…

– Le vrai ! Les vrais ! Toujours ce même mot ! Existe-t-il des qualificatifs plus retors, plus faux que celui-là ? !

– Tu pinailles toujours sur les mots, en Occidentale. Je te demande seulement de te comporter comme une femme intelligente et responsable. Les femmes, ici, sont toutes des résistantes. Elles savent qu'elles ne peuvent s'attaquer, de front, à une société injuste et monstrueuse dans sa quasi-totalité. Alors elles ont pris les maquis du savoir, du travail et de l'autonomie financière. Elles persévèrent dans l'ombre d'hommes qui stagnent et désespèrent. Elles ne donnent pas dans la provocation inutile et dangereuse comme toi. Elles feintent et se cachent pour ne pas être broyées, mais continuent d'avancer.

– Elles, cette résistance que tu décris les propulse et les structure. Moi, il m'aurait fallu une grande dose de haine pour tenir et rester ici. La haine te dresse, te cabre, te fixe et t'arme. Sous son emprise tu te défends, tu te venges. Le manque de celle-ci ne te laisse d'issue que dans la fuite et l'errance. Et puis, les « vraies Algériennes » n'ont pas de problèmes avec leur être. Elles sont d'une époque, d'une terre. Elles sont entières. Moi, je suis multiple et écartelée, depuis l'enfance. Avec l'âge et l'exil, cela n'a fait que s'aggraver. Maintenant en France, je ne suis ni algérienne, ni même maghrébine. Je suis une Arabe. Autant dire, rien.

Arabe, ce mot te dissout dans la grisaille d'une nébuleuse. Ici, je ne suis pas plus algérienne, ni française. Je porte un masque. Un masque occidental? Un masque d'émigrée? Pour comble du paradoxe, ceux-ci se confondent, souvent. À force d'être toujours d'ailleurs, on devient forcément différent. Que l'on intéresse, interroge ou choque, on est une singularité mobile dans le temps, dans l'espace et dans les diverses idées que les gens peuvent se faire de « l'étranger ». Mais figure-toi qu'aussi inconfortable que puisse être, parfois, cette peau d'étrangère partout, elle n'en est pas moins une inestimable liberté. Je ne l'échangerais pour rien au monde! Aussi moi, je ne cache jamais rien. Et les rumeurs et critiques ne font, généralement, qu'exciter la jubilation que me procure toute transgression.

Salah se tait un moment, maîtrise sa véhémence, s'accoude au bureau et, le menton dans les mains, fixe sur moi ses yeux de chat où rayonne un sortilège doré. Puis, peu à peu, un sourire ironique se dessine sur ses lèvres. Il avoue, mordant :

– J'ai cru mourir, ce matin, lorsque ce mec a décroché le téléphone à ta place, à l'entendre s'alarmer pour toi, bâiller dans ton lit. C'est une façon insupportable et idiote de réaliser qu'on est amoureux.

Troublée, je m'en tire avec une pirouette :

– Tu sais, une infirmière un peu libertine, à l'hôpital d'Oran, m'avait dit un jour à propos d'un amant qui devenait trop envahissant pour son goût : « Pourquoi me poursuit-il celui-là? Je ne lui ai rien pris! Nous nous sommes embrassés et chacun a gardé ses lèvres! » J'en ai fait ma devise, depuis longtemps.

Il me prend dans le jaune de ses yeux. De son silence, en colère, monte mon désir. Les ressources du corps me surprendront toujours.

– Tu veux dire que tu ne t'attaches jamais, toi? Est-ce possible?

– J'en ai bu des amours et pourtant j'ai toujours perdu mes amants sur des chemins sans retour. Il ne me reste jamais qu'un désir béant, inassouvi.

132

– Voilà que tu te remets à parler comme un livre !

J'éclate de rire. Il rit aussi.

Sa franchise, son visage, ses bras, son grand corps, tout me plaît en lui. Ses yeux sont une ivresse ambrée. Cependant mon désir se dissipe très vite. Pourquoi devient-il si labile, si éphémère ? J'observe Salah et je me dis que ce retour au pays aurait pu être celui de l'amour retrouvé : Salah ou Vincent... Mais ce flottement, en moi, me laisse sans ancrage dans la réalité. Comme si la prise de conscience de l'impossibilité d'un véritable retour avait consumé mes autres envies, m'avait désincarnée. Mon corps ponctuel s'est évaporé. Les autres, dispersés dans mes diverses étrangetés, ne me sont plus que des songes lointains, comme irréalisables. Insidieuse, cette sensation d'impossible retour, malgré le retour. L'incapacité de retrouver cet « espace perdu », vous expulse du présent et de vous-même. J'aimerais essayer de décortiquer ce sentiment de perte pour l'anéantir. Mais je le pressens si confus et enterré que cela me décourage. Je me sens tout à coup si lasse.

– Viens avec moi à Alger ou pars à Oran, si tu préfères. Tu y trouveras rapidement un poste. Là-bas, rien ne te distinguera de la grande masse des femmes actives. Ne reste pas ici. Un village comme celui-ci est un piège qui risque de se refermer sur toi.

– Je veux rester à Aïn Nekhla quelque temps. Cela me donne une illusion d'utilité qui m'est nécessaire, en ce moment. Après, je retournerai à Montpellier.

– Mais l'impression d'utilité tu peux l'avoir partout ailleurs dans le pays. Je ne comprends pas pourquoi tu t'entêtes ainsi. Je commence à me dire que Yacine et même sa mort n'ont été que des prétextes. Qu'es-tu venue chercher ici ? Tu ne veux pas me révéler quel contentieux tu as avec ce village ?

– Mais aucun, je t'assure... Sais-tu que les pneus des voitures de Yacine et de Vincent ont été crevés cette nuit.

– Tu vois ! Ceci n'est qu'un avertissement. La prochaine fois, ils s'en prendront à toi. Ils ont vitriolé des filles seulement à cause de leur mise. Alors toi, et ta conduite si inconséquente !

– Suffit. Dis-moi plutôt comment va Alger.

– Mal. Alger a le visage sale et triste des orphelins. De plus en plus de barbes hirsutes et de femmes transformées en corbeaux ou en nonnes. Moi qui exécrais les *haïks*, j'en aurais presque la nostalgie, maintenant. Du moins ceux-ci n'étaient-ils pas dénués d'érotisme. Bab el-Oued et la Casbah sont des ventres qui ne cessent de se distendre et de fermenter. Les tics de l'angoisse travaillent tous les traits. Alger est un immense asile psychiatrique abandonné, sans soignant, au seul langage de la violence.

J'invoque des dossiers à compléter, des radiographies et des examens de laboratoire à regarder pour ne pas accompagner Salah chez Yacine. Il s'y rend, seul. Je me laisse aller au silence.

L'air est d'une fraîcheur incisive. Je resserre mon chandail autour de mon cou. Qu'ai-je fait de mon foulard ? L'ouest est dans l'incendie du crépuscule. Au sud, un nuage marron s'élève et s'avance à pas de géant. Le vent de sable ? L'émotion m'étreint, m'arrête devant l'hôpital. Je retourne dans le bureau. Je m'empare des clefs dont m'avait parlé Khaled. Je cours vers le garage, à l'arrière du bâtiment. La voiture de service est une Renault 4. Elle démarre au premier tour de clef. Je quitte le village et bientôt la route goudronnée. Je fonce vers le sud.

La voiture tressaute sur les cailloux du reg. Dans le désert, un véhicule n'est qu'un cafard. Cahots de cafard, de sauterelle sans ailes et sans radar. Mon pied qui accélère, accélère, n'y change rien. Collé à la vitre, le désert me darde, me nargue, son néant. Désert intégriste, macabre, qui fait le mort et attend l'orgasme rouge du vent. La dune lascive. Ses mamelons gorgés de soleil. La dune catin offerte et dont l'immobilité aspire le vent. Dune fleur d'un désir aride. Les pierres, larmes des regs, désespoirs solides qui s'incrustent dans le moindre empan de terre. Les pierres roulent et coulent sur le morne déploiement de l'éternité.

Le vent approche. Je coupe le moteur, ouvre ma fenêtre. L'abîme du silence me donne le vertige, un bref instant. Vertige que remplit, peu à peu, la poussée du vent. Halètements. Rumeurs. Clameurs. Colères et hurlements. Puis une lame de sable s'abat sur tout. Un cataclysme de fin du monde.

Je tousse, crache du sable, ferme la fenêtre. La voiture tangue, grince, siffle. La carrosserie émet des chuintements d'acide. La poussière s'infiltre jusque dans mes poumons.

Les gens ne sont que des poux qui parasitent le désert. Il se lave d'eux dans les transes d'Éole. Dans ce souffle céleste, le désert est une folie sublime à vivre, une mort joyeuse qui chevauche le monde. Gloire à ses rousses cavalcades.

Tout à coup, là devant moi, des phares trouent l'hystérie opaque du vent. J'allume ceux de la Renault 4. Je ne vois que ces phares dans la masse démoniaque des sables en ébullition. Mais quand les déferlantes se font moins fortes, je devine une silhouette de grosse cylindrée.

J'ouvre ma fenêtre, sors la tête et, les yeux fermés, crie :

– Qui es-tu ?

Le vent se moque. Le vent me croque et avale mes mots.

– Qui es-tu ?

Le vent me gifle. Le vent siffle et, d'un pan de sable, m'enterre vivante. Je referme la vitre, tousse, me mouche. J'ai du sable jusque dans le cerveau. Mes pensées crissent. Mes yeux pleurent et piquent. Je les essuie. Je ne vois plus rien. Puis, les phares réapparaissent à travers mes larmes, juste en face de moi. Leur lumière éclate en éclairs et scintille dans mes larmes. Ils sont de gros yeux globuleux que rongent les cataractes de la tempête, de gros yeux de crapaud qui clignent de leurs paupières de sable.

– Qui es-tu ? Que me veux-tu, toi aussi ?

La voiture tremble. Le vent éructe et me hante. Le vent m'emmène. Le vent s'embrouille. Amant insaisissable qui m'enivre de sa jouissance.

– Es-tu Yacine ?

Le vent me gronde, malmène la voiture.

– Es-tu…

Se peut-il qu'il n'y ait personne dans ce véhicule ? Je voudrais aller voir. Mais je n'en ai ni la force, ni le courage.

VIII

VINCENT

Je l'emmènerai avec moi en bateau. Je l'emporterai
sur le berceau des mers. Je vois déjà la girouette qui
fore les cieux, la quille qui glisse et fend un désir bleu,
le grand calme qui se pend aux voiles, plisse leurs toiles
et lisse des secrets liquides, des miroitements qu'il étire
entre les lointains et nos songes. Nous irons à
Folcgandros, paix haut perchée, village enroulé sur sa
blanche solitude, tel un coquillage qu'une mer furieuse
aurait jeté à la cime d'une île aride. Nous irons à
Amorgos où un giron de mer offre un mouillage à l'abri
même du touriste. Je la conduirai à Kos, pour un bref
pèlerinage au pied de l'arbre d'Hippocrate. Puis nous
fuirons ce site où, l'été, la bière noie l'ouzo, où les
tignasses blondes déferlent avec le meltem. Nous évite-
rons les autres lieux de concentration touristique. Nous
irons vers les cailloux les plus isolés des Cyclades ren-
contrer des dieux aux sommets des Hurlevents. Au fil
de l'eau, mon amour tissera ses désirs.

Maintenant, à mon réveil, je pense à elle d'abord. À
elle longuement. Je ne songe à mon rein que dans un
deuxième temps. Encore que ce soit moins une inquiétude qu'une habitude, moins une caresse qu'une précaution. Maintenant, je bande, tous les matins.

Un morceau de chair m'a libéré d'une machine. Je m'étais refermé sur lui. Une femme, un amour, me délivrent de moi-même, me soignent de ma greffe et du sentiment paradoxal du remède par la mutilation. Je n'étais que présence-absence, soulagement-sensation d'avoir contracté une dette irréversible, impossible à honorer, angoisse de la mort-désir de vivre, soudés en un interminable corps à corps, une convalescence sans fin. D'avoir frôlé la mort et de s'en être écarté, est un miracle qui plonge dans une sorte d'euphorie longtemps vacillante, longtemps apeurée. La durée est indispensable pour accéder enfin à une totale consolidation. L'amour est ma guérison.

Attention à ce Salah ! Intelligent et beau gosse, de surcroît. Pas commode, ce matin au téléphone. Au début seulement, à vrai dire. Il s'est radouci par la suite. Au son de sa voix, j'ai empoigné mon rein comme un cow-boy, en alerte, porte fébrilement la main à son arme. Mais, moi, je ne dégaine jamais que mon assurance, mon insolence ou mon flegme, selon.

Puis machinalement, mes doigts ont reconnu mes limites à mon greffon, à ses contours dénervés. La greffe a ceci de paradoxal, elle a beau occuper, obséder le cerveau, les terminaisons nerveuses du receveur ne colonisent jamais le rein greffé. De sorte que l'on peut avoir de la fièvre et même amorcer une crise de rejet sans jamais éprouver la moindre douleur au greffon. Le seul signe pathologique que celui-ci puisse manifester est un gonflement, comme un mécontentement silencieux, quand l'organe se fait récalcitrant. Le rein n'est donc senti que par le toucher et par la métamorphose qu'il entraîne en nous. Comme si, à la parfaite « identité tissulaire » qui voudrait le fondre intégralement dans le corps du receveur, le « donneur » opposait une irréductible résistance, un entêtement à rester d'une sensibilité autre, une parcelle étrangère, une zone d'anesthésie, d'effacement du receveur. Et en dépit des drogues qui diminuent l'immunité, le rein n'est, en vérité, qu'inéluctablement et peu à peu phagocyté jusqu'au stade ultime du rejet. Un troisième rein rejoint ainsi le sort de ses propres reins. Quelques grammes de mort supplémentaires et la bascule vers une étape plus sévère de la maladie.

Mais il paraît que notre totale identité tissulaire nous préserve, mon greffon et moi, d'une telle fatalité. Il paraît. « Vous, votre rein vous l'avez pour la vie ! Voyez ce dont vous avez besoin en guise de traitement immunosuppresseur. Trois fois rien ! », arguait le corps médical devant mes craintes et mon scepticisme. Le « trois fois rien » me paraît en l'occurrence considérable : pilules au quotidien. Il en va de la greffe comme de toute intégration d'« étranger ». Un travail d'acceptation réciproque est nécessaire : travail chimique exercé par les remèdes pharmaceutiques sur le corps des patients, pour l'une, remèdes pédagogiques sur le corps social, pour l'autre.

Je n'ai pas trouvé de pneus, même à Tammar. Désemparé, je suis allé prendre conseil auprès de Tayeb, le restaurateur.

— Tu reviens ici vers sept heures du soir, tu auras des pneus pour ta voiture. Pour l'autre, je sais pas.

— Mais comment les auras-tu ? Je suis allé voir tous les garagistes.

— Eh, mes Béni Aâmistes, la familiale démerde algérienne, quoi !

Après avoir traîné dans le marché, je me suis rendu à mon rendez-vous avec Moh.

— Alors, tu as fait ton travail ?

— Euh… oui, oui.

— Ton travail, c'était d'attendre une femme qui se prend pour une ichira de cinéma ?

— Ichira ?

— Vous, vous dites héroïne.

— Mais comment tu sais tout ça, toi ? Tu m'as espionné ?

— Personnellement, j'ai pas besoin de t'espionner.

Ici, on a tellement le dégoûtage que tout le monde surveille tout le monde, c'est obligé.

– Le dégoûtage ?

Il met les deux mains autour du cou et serre, exprimant l'asphyxie. Puis, se détendant :

– Ici, tous les jeunes, ils ont le dégoûtage… Alors, tu lui as fais son affaire ?

– Je ne « fais son affaire » à personne, moi. Et puis de quoi tu te mêles !

– Tu as raison de profiter. Tu es un homme !

À cet air de mansuétude toute fraternelle, je devine que son estime pour moi, mise à mal par mon refus de l'accompagner au bordel, a retrouvé ses marques. Le repas chez lui fut un régal. Le dessert de thé à la menthe et de gâteaux aux dattes aussi. Ensuite, je suis revenu à l'hôtel où je me suis assoupi.

À mon réveil, je décide d'attendre Dalila avant de me rendre de nouveau chez Tayeb.

Je quitte l'hôtel lorsque je la vois gravir la dune. Arrivé au sommet, je suis ses traces et la trouve derrière un dôme de sable.

– Tu te caches, maintenant ?

– Oui, à cause de tous les yeux qui rôdent.

Puis, après un silence et un regard vers l'erg :

– Elle est encore partie.

– Tu ne veux toujours pas me dire qui elle est ?

– Je peux pas te dire.

– Pourquoi ?

– Je peux pas te dire !

Puis enjouée et l'œil charmeur :

– Mais je voudrais beaucoup que, toi, tu me dises encore un mot avec de l'espace dedans, comme « peut-être ».

– Je croyais que tu n'appréciais pas ce mot.

– Hier, je l'ai longtemps regardé dans le dictionnaire. Au-dessus de lui, il y a « peureux ». Lui, je le déteste. En dessous, il y a beaucoup de mots que j'ai jamais vus, jamais entendus. Maintenant, je le trouve joli, ce mot avec son « peut » qui a une tête et une queue et son

« être » qui porte un chapeau derrière la tête. Et aussi le trait qui les unit tous les deux et qui fait comme s'ils se tiennent par la main pour marcher.

– Hum, hum, il t'arrive souvent de consulter le dictionnaire ?

– Consulter ? C'est pas un docteur, le dictionnaire !

– ... Si un peu. C'est le docteur de la langue. Il guérit les fautes. Il soigne les blessures des mots.

– Tu t'en sers souvent ?

– Oui. Avant, je le volais à Ouarda et je me cachais pour le lire. Mais Ouarda m'a vue et elle a dit que je peux le prendre à condition de pas le cochonner. Je lis beaucoup de pages. Même quand je comprends pas tout, ça me promène la tête. Tu me donnes encore un mot avec de l'espace ?

– Eh bien... le doute, par exemple.

– Oui, lui, je l'ai vu dans le dictionnaire aussi, dans l'explication de peut-être. C'est un peu son frère cxacquo.

– La mémoire ? !

– La mémoire, c'est quand tu apprends bien à l'école. C'est de l'espace, la mémoire ?

– Évidemment, et ce n'est pas seulement ce que tu peux apprendre à l'école. C'est... le film du temps et de ses événements.

– Tu parles comme Lamartine il écrit ses récitations, coupe-t-elle sèchement.

À mon tour d'éclater de rire. Elle me fixe avec des yeux attisés par une malice goguenarde. — mocking

– Tu lis Lamartine ?

– Oui. Ouarda, elle me fait apprendre Lamartine, Musset, Victor Hugo, Senghor, Omar Khayyam, Imru'al-Qays et encore d'autres.

– C'est bien ! La mémoire, c'est tout ce que tu retiens du monde et de ta propre vie dans ce monde, passé et présent.

– Alors c'est tous les souvenirs ?

– Oui tous.

– Même ceux que tu oublies ?

– Oui, même ceux-là. Un jour, hop ! Ils te reviennent comme des oiseaux migrateurs.

– Les oiseaux migrateurs sont des *trabendistes* de soleil et de liberté. J'aimerais bien vivre comme eux. Les souvenirs, ils sont pas tous jolis. Mais j'aime pas l'oubli.

– Pourtant c'est aussi un espace.

– J'aime pas l'oubli. L'oubli, c'est un trou. Il te rembobine à l'envers. C'est un mot de la terre, l'oubli.

– C'est un mot nécessaire.

Mon assertion la rembrunit. J'essaie de trouver un mot de réconciliation.

– Heu… voyons, un autre mot qui contienne de l'espace… l'amour ?! Mais oui, l'amour est un espace immense, sublime !

– L'amour, c'est joli, très joli. Mais chez nous, c'est comme les nuages, y en a pas bézef. Chez nous, même le gouvernement a peur des femmes. Il fait des lois contre elles. Alors l'amour c'est que la honte, qui est élue nationale. L'autre fois au collège de Ouarda, un garçon de douze ans a écrit « Je t'aime » sur un papier et il l'a fait passer à une fille. Tout de suite, c'était comme un coup… Comment on dit ?

– Comment on dit quoi ?

– Un coup pour tuer le gouvernement, comment on dit ça ?

– Un coup d'Etat ?

– Oui, comme « un coup d'Etat ». Et les Scotland Yard du collège, ils ont trouvé le « coupable ». Ils l'ont insulté et puni. À la télévision, on coupe toujours les baisers d'amour des films. Les parabolés, eux, ont de la chance. Ils voient les baisers d'amour qui viennent de Lafrance.

– Tu n'aimes pas la honte, toi, hein ?

– Non. Celle-là, avec la tradition, elle fait que menacer les filles. Et si tu obéis pas, elle fait tomber la figure de tes frères et de ton père qui deviennent des nuques brisées. À cause des filles et des femmes, beaucoup des hommes, ils sont que des nuques brisées.

– Des nuques brisées ?

– Oui, quand ils ont la *h'chouma* de leurs filles ou de leur femme, ils peuvent plus aller dehors, devant les autres hommes, avec la tête droite. Ils deviennent des nuques brisées. La nuque brisée, ça s'attrape vite et ça se guérit pas.

– Tu sais, exprimé ou pas, l'amour existe partout, seulement des fois c'est un peu comme tes yeux, tu ne le vois pas, tu vois avec.

– Peut-être que c'est comme tu dis, chez toi dans Lafrance. Ici, l'amour, il est que dans les chansons. Les gens boivent du thé et écoutent les chansons. Et ils sont si battus à cause de tout ce qui est impossible. Alors ils parlent pas. Ils avalent leur tristesse bien chaude avec le thé. Moi, j'ai pas la *h'chouma*. J'ai la colère griffée. Je regarde pas par terre. Je regarde les gens dans leurs yeux. Et quand j'ai marre de leurs yeux pourris, je viens ici et je regarde les rêves pour nettoyer mes yeux, à moi. Ma sœur Samia dit que nous les filles d'Algérie, on est toutes des « Alice au pays des merguez », comme on a jamais de merveilles, on met des épices partout, partout. Les rêves sont mes épices. Les garçons, eux, quand ils sont pas islamistes ou nuques brisées, ils sont que des Aldo Maccione sans *flouss* [1].

– Tu veux dire qu'ils sont tous machos, qu'ils roulent tous des mécaniques comme Maccione ?

– Oui, machos. Mais Aldo Maccione, lui, il fait ça pour jouer dans les films. Eux, ils font ça vrai de vrai. Ils font la mécanique des muscles à marcher comme des chameaux et des mimiques de rajla mais ils sont que fachla. Ça veut dire qu'ils sont pas machos du courage, du travail ou des études, non, ils sont machos que du zazou, de la grande fatigue et d'embêter les femmes.

– Eh beh !

– Tu sais…

– Oui ?

Elle hésite un instant avant d'avouer :

1. *Flouss* : argent.

– Hier en dormant, j'ai fait un rêve d'horreur.

Les yeux pétillants, elle pouffe.

– Un cauchemar ?

– Ça existe un beau cauchemar qui te fait plaisir ?...
J'ai rêvé que j'étais le Tambour, le Tambour en fille. Je
marchais dans les rues de Tammar et je frappais sur le
bendir. Je frappais, je frappais. Dans les rues, les
hommes et les garçons me regardaient. Et tous les yeux
qui collaient, je leur criais fort, très fort. Ça faisait éclater les yeux comme du verre qui casse. Les figures
étaient drôles, avec des trous rouges à la place des
yeux. Et moi je riais. Et mon cri fusillait encore et
encore d'autres yeux. Tac ! Tac ! Tac ! Comme quand
les femmes jettent du sel dans le feu pour brûler le
mauvais œil. Ça pète, ça pète, ça pète.

– Tu sais, tu devrais dessiner ou peindre ces images
qui te viennent en tête.

– Elles viennent pas les images ! C'est moi qui les
cherche et qui les trouve ! s'écrie-t-elle. Et puis je dessine depuis toute petite.

– Que dessines-tu ?

– Beaucoup d'yeux. Madame Tradition tordue de
vieillerie. La bénédiction qui prie avec fausseté et la
malédiction qui menace et qui grimace. La *h'chouma*
avec son ventre où les peurs sont comme les vers de la
mort. Et puis encore et encore... des choses d'une
méchanceté rigolote. Ouarda, elle dit « féroce ».

– Alors il faut continuer.

– J'ai peur qu'on dise : « Elle est folle ! Elle est occupée par Bliss ! »

– Il ne faudra pas montrer tes dessins à n'importe
qui. Je suis persuadé que Ouarda ne le pensera pas, elle.

– Yacine m'a déjà dit ça. Mais il faut beaucoup de
couleurs pour bien dessiner. Moi, j'ai pas d'argent pour
les acheter.

– Cela me ferait très plaisir de te les offrir.

– Yacine voulait aussi. Mais comment faire pour
tromper mes parents ?

– Il faut s'arranger pour qu'ils n'en sachent rien.

L'essentiel c'est que tu puisses dessiner quand tu en as envie.

Elle regarde vers les dunes avec une mine chagrine.

— Bientôt, je vais être trop grande. Une grande fille peut pas venir rêver sur une dune. Yacine m'avait promis d'aller voir Ouarda, de devenir son ami et de parler avec elle pour les dessins. Mais il est mort.

— J'irai voir Ouarda, à sa place.

— Ça, tu peux m'offrir, si tu veux. Mais ce sera plus difficile pour toi. Tu es un roumi.

Brusquement, elle éclate en sanglots. Dans un mélange de hoquets et de reniflements, elle s'excuse :

— Je pleure pas parce que tu es *roumi*. Ça, c'est pas grave. Je pleure pour Yacine.

Tayeb m'a trouvé quatre pneus.

— Les autres, dans deux jours si tu veux. Il vaut mieux que ce soit moi qui te les achète. Avec ta figure de *roumi*, ils te feront payer cinq fois le prix, les chacals.

Je refuse le taxi dont le conducteur est un barbu à chéchia :

— *Yan âl dinn oumek* [1] ! vocifère-t-il.

Je ne sais pas ce que cela signifie. Pas une amabilité, de toute évidence. M'est avis qu'il doit prendre sa guimbarde pour un avion. En raison de son vacarme, sans doute. Il démarre en m'aveuglant de poussière.

Après un instant d'attente, je charge mes pneus sur un autre taxi qui me conduit vers Aïn Nekhla.

Il fait déjà nuit mais « putain », écrit en gros sur la porte de Sultana, me saute aux yeux. C'est Salah qui m'ouvre.

— Vincent Chauvet ?

— Oui, bonsoir.

— Bonsoir, je suis Salah Akli. Sultana n'est pas avec vous ?

1. *Yan âl dinn oumek* : maudite soit la religion de ta mère.

– Non, non, je ne l'ai pas vue depuis ce matin.

– Elle n'est pas encore rentrée. J'ai appelé l'hôpital. On m'a dit qu'elle était partie vers sept heures et demie. Il est huit heures et demie !

– Elle est peut-être allée rendre visite à un patient.

– Hélas, ici c'est toujours le malade qu'on déplace, dans n'importe quel état.

Puis, s'apercevant que je fixe ce mot sur la porte :

– Les hostilités sont déclarées. Il va falloir qu'elle fasse attention.

Il découvre mes pneus, grimace de compassion et m'aide à les rentrer.

– Il y a un garagiste sympa dans le village qui pourra vous les monter. Dites-lui que vous venez de ma part.

J'acquiesce. Nous nous observons avec méfiance.

– Asseyez-vous, je vous en prie, finit-il par me dire. Il me semble vous avoir déjà vu quelque part.

– Oui, il y a trois jours à l'hôtel de Tammar.

– Ah oui, c'est cela... Voulez-vous un whisky ? Je sais que Sultana en a.

– Je veux bien, merci.

Il apporte une bouteille et des verres, nous sert.

– Pardonnez-moi un petit instant, je vais aller finir de préparer à manger.

Je le suis vers la cuisine.

– Où peut-elle bien être à cette heure-ci ?

– Elle n'est pas allée voir la petite Dalila, en tout cas.

– Vous connaissez Dalila, vous aussi ?

– Oui.

– Yacine avait la ferme intention d'aider cette enfant. Il était fou d'elle. Il paraît qu'elle a un très bon coup de crayon.

– Je voudrais tant lui offrir de quoi dessiner ainsi que quelques livres et dictionnaires. Elle a aussi l'art de s'accommoder des « mélanges » de langues savoureux.

– Elle vous a conquis, vous aussi, à ce que je vois. Il nous faudra trouver un subterfuge.

Il sourit, tout à fait détendu à présent.

– Hum, c'est de la coriandre ça.

– Oui, avec la fraîcheur de ce soir, j'ai soudain eu envie d'une *chorba* [1]. J'ai pensé que cela ferait plaisir à Sultana aussi.

Brusquement une des vitres de la fenêtre vole en éclats. Consternation. Une pierre vient fracasser une autre vitre. Immobiles, nous fixons avec hébétude les débris de verre tombant au sol. Salah se ressaisit le premier. Jetant son couteau dans l'évier, il s'élance vers la porte. Je cours à sa suite. Dehors, quelques cris puis une galopade se dissout dans la nuit. Nous nous arrêtons.

– Salauds ! Espèces de lâches ! hurle Salah.

Inutile de s'égosiller. Ils sont déjà loin. Nous revenons vers la maison.

– Il faut fermer tous les volets. Ces fumiers peuvent revenir. Nom de Dieu, où est Sultana ?

– Mais qui sont ces gens, des islamistes ?

– Islamistes ou pas, il y a tant de névrosés et de refoulés dans le pays. Avant, seuls ceux du Parti, la flicaille et les plantons nous empoisonnaient la vie. Maintenant, avec la déliquescence de l'autorité de l'État, n'importe quel imbécile se croit investi d'un droit divin et prétend faire justice selon ses principes ! Populisme et nationalisme crétin, voilà les deux mamelles de l'Algérie d'aujourd'hui. Voulez-vous attendre Sultana ici ? Je vais voir si elle n'est pas quelque part dans le village.

– Je vous accompagne.

Les lampadaires sont rares mais une lune, entamée, nous éclaire suffisamment.

– Khaled, l'infirmier, m'a dit qu'elle était partie en voiture de service, une Renault 4 blanche... Avez-vous remarqué la dégringolade du thermomètre, ce soir, dès que le soleil a disparu ?

– Oui, c'est surprenant.

– Le jour au gril, la nuit à la glacière. C'est une des spécificités du désert.

---

1. *Chorba* : soupe de légumes, viande de mouton et vermicelles, très prisée.

Les rues sont vides. Quelques rares adolescents se serrent ici et là devant les portes des maisons. Lorsque nous arrivons devant la mosquée, un flot d'hommes en sort. Sa rumeur s'épand dans la rue.

– L'Algérie pullule de faux dévots et de prophètes de l'apocalypse. La violence et la cupidité se disputent le désarroi et l'insécurité, marmonne Salah, comme pour lui-même.

Des hommes s'immobilisent et se retournent sur notre passage. J'éprouve la même inquiétude et le même malaise qu'hier soir à l'hôtel.

– Il faut peut-être demander aux gens s'ils l'ont vue par ici ?

– Ce ne serait pas un service à lui rendre. Notre présence ici a déjà jeté l'anathème sur elle. Oh, et puis merde !

Il interpelle plusieurs adolescents au cours de notre progression. Personne n'a aperçu Sultana.

– Écoutez, il faut m'aider à la convaincre de partir d'ici. À présent qu'il sait qui elle est, Khaled, l'infirmier s'inquiète lui aussi pour elle. Sultana a dû vivre un drame dans l'enfance, j'ignore lequel, Khaled est muet sur ce sujet et je lui en sais gré. Cependant il m'a dit que, par le passé, elle a souffert de la mentalité des gens du village. Il en est toujours ainsi lorsqu'une fille sans défense est livrée en pâture à la hantise de La Faute dans des lieux où les archaïsmes semblent immuables. Qui peut prévoir les actes de ces esprits enténébrés, lorsqu'ils apprendront son identité ? Chez nous, même les plus couards deviennent héroïques lorsqu'il s'agit de s'attaquer aux femmes. Les maintenir en état d'esclavage semble être la seule unanimité des Algériens dans le charivari actuel, le seul consensus de la sempiternelle discorde arabe.

– Je voudrais tant l'emmener avec moi en bateau. Je pense que la mer lui fera le plus grand bien.

Mon souhait le pétrifie sur place. Il se tourne vers moi, me fixe et part d'un rire cinglant :

– Rien que ça ? ! C'est le coup de foudre ?

– Oui, je crois.

Un de plus ! Je vous préviens, mon vieux, que je défendrai mes chances jusqu'au bout.

Nous reprenons notre marche dans un silence embarrassé. Aux confins du village, la grande masse sombre et muette du ksar abandonné. Aucune Renault 4 en vue. Nous retournons sur nos pas, bredouilles.

– Les deux voitures, la vôtre et celle de Yacine, étant hors d'usage, nous n'avons plus qu'à attendre qu'elle veuille bien se manifester. Il est dix heures ! J'espère qu'il ne lui est rien arrivé de fâcheux.

Salah parfume sa soupe de coriandre, baisse le feu, puis nous quittons la cuisine pour le salon. Un whisky à la main, je m'abîme dans la contemplation des toiles de Yacine. La fresque murale est saisissante… Soudain trois faibles coups, frappés à la porte, nous font sursauter. Nous nous précipitons tous les deux.

– Mais, c'est Alilou ! Que fais-tu là, petit bonhomme ?

C'est un garçonnet très brun avec des yeux de jais. Il s'adresse à Salah avec force gesticulations. Je ne comprends rien à ce qu'il dit car il parle en arabe.

– Sultana est dans le ksar. Il dit qu'il l'avait suivie et qu'elle serait en train de dormir là-bas. Elle est folle ! Ce ksar en ruine ! Alilou a entendu les grands dire que nous la recherchions. Il est venu nous avertir.

Salah caresse les cheveux du garçon.

– Lui aussi était un grand copain de Yacine. Les gens prétendent qu'il est devenu simplet en perdant sa mère, il y a plus d'un an, parce qu'il passe son temps à errer dans ce ksar et dans les dunes. En fait, Alilou a besoin de solitude. C'est un artiste ou un poète en herbe. On va la chercher ?

– Allons-y.

– Attendez, il nous faut une lampe de poche.

Il va farfouiller dans le placard du couloir.

– C'est bon, on peut y aller.

Le petit Alilou file devant nous. Lorsqu'il est un peu loin, il s'arrête, se retourne, nous attend, puis reprend sa course à notre approche. Nous marchons vite. Nous n'échangeons que peu de mots. Endormie dans ce ksar? Je ne parviens pas y croire.

Une grande place sépare le quartier habité du ksar. L'entrée de la venelle, par laquelle nous abordons celui-ci, est barrée par une Renault 4 blanche, invisible depuis la place.

— La voiture de service, annonce Salah.

La portière n'est pas fermée, Salah l'ouvre et constate :

— Les clefs sont sur le contact.

Je ne dis mot. Je suis le petit follet qui gambade devant moi, en prenant garde aux éboulis. Salah me rejoint. Le halo de la lampe devient vite indispensable pour continuer plus avant car la ruelle se resserre et s'obscurcit de plus en plus. Alilou, lui, avance guidé par son habitude des lieux. Nos pas sont étouffés par le sable. Que fabrique-t-elle à cette heure-ci dans ce ksar fantomatique et sourd?

— Pourquoi serait-elle là, de nuit? m'écrié-je, vaincu par l'énorme angoisse qui me déborde.

Le petit Alilou rebrousse chemin, fait irruption dans le halo de la lampe :

— Chuuut! fait-il dans un souffle ténu.

L'anxiété que je lis dans les yeux de Salah accroît la mienne. Alilou tourne sur la droite et nous devance dans ce qui a dû être une impasse. Le mur du fond est effondré. Un silence sépulcral écrase l'obscurité. Le garçon s'immobilise devant une entrée. Le faisceau de la lampe balaie une petite cour encombrée de débris de briques de terre et de torchis. Soudain, Sultana apparaît dans la lumière. Un terrible cri explose en moi. Elle est assise au milieu des décombres. Ses yeux grands ouverts sont d'un vide terrifiant, hallucinant.

Interdits, nous l'observons, Salah et moi. Puis Salah s'agenouille, la secoue, la frotte, la gifle. Elle ne bronche pas. Je l'écarte d'elle. Il s'effondre à ses côtés.

150

J'enlève ma veste et la lui fais endosser. Elle ne réagit pas. Salah l'enlace et la serre contre lui. Elle ne bouge pas. Je la lui arrache et, l'empoignant, la fais lever. Salah vient à mon aide. Nous la soutenons jusqu'à la voiture, puis jusqu'à la maison. Elle grelotte et claque des dents. À la lumière, son visage est marbré et ses yeux dans l'insondable.

— Je vais faire du feu dans la cheminée du salon. Il y a un peu de bois derrière la maison, dit Salah.

Nous installons Sultana devant le feu et nous nous relayons pour lui faire manger de la chorba. Elle ne nous oppose aucune résistance mais elle n'avale que de temps en temps, par une sorte d'automatisme intermittent qui fonctionne malgré sa totale vacuité.

Après la chorba, nous lui faisons boire un maximum de whisky à la cuiller cependant que nous nous en abrutissons nous-mêmes. Puis, nous la couchons sur le canapé et la bordons en nous disputant des bouts de couverture.

Il nous semble que, peu à peu, ses yeux sont moins perdus, moins lointains. Nous attribuons ceci d'abord aux seuls effets du whisky sur nos propres méninges. Nous nous fixons longuement, Salah et moi, en une sorte d'accommodation réciproque, à la recherche d'un peu de lucidité. Quand nous reportons nos yeux sur les siens, nous nous rendons compte que ceux-ci affleurent maintenant. En même temps que se dissipe le brouillard qui les égare, ils retrouvent leur mobilité et se déplacent lentement : le plafond, le mur, la cheminée, le feu, le portrait de Dalila, appuyé au mur. À cette rencontre, un léger sourire détend ses lèvres. Nous osons à peine respirer. Puis, en regardant de nouveau le feu et après un moment de méditation, elle se met à murmurer. Nous nous pressons autour d'elle.

— Il m'avait acheté des grenades. La grenade, le plus beau des fruits, le plus royal. Une couronne de poupée sur un cuir vieil or, giclé d'écarlate. Et quand on l'éclate, un cœur alvéolé où chaque goutte de sang est sertie d'une pelure de diamant et renferme en son sein un copeau d'opale. Et quand on la croque, ce mélange de liquide et de filaments qui laisse dans la bouche un goût d'interdit.

» Il m'avait acheté des grenades.

» Il portait son saroual targui et son grand chapeau rifain que j'aimais bien. Un chapeau dont le revers en tissu riait de vert, d'orange, de rouge, de jaune et de violet comme une fête qui faisait sa ronde autour de sa tête. Il s'était mis à jongler avec des grenades. J'essayais de l'imiter. Il riait. Je riais. Ma mère est entrée.

» – Où étais-tu?

» Elle est passée sans répondre. Il m'a donné les grenades qu'il avait en main et il l'a suivie.

» – Où étais-tu?

» Elle ne disait rien. Elle s'affairait.

» – Où étais-tu?

» À force d'élever le ton, il s'est mis à hurler.

» – Où étais-tu?! Où étais-tu?!

» Elle s'est retournée vers lui, excédée:

» – Qu'est-ce qu'on t'a encore raconté? Ne comprends-tu pas qu'ils essaient de t'empoisonner la vie? Avec quel voisin j'étais cette fois?

» Il s'est jeté sur elle. Ils se sont battus. Coups de poing, griffes, vociférations... Tout à coup, ma mère est tombée, la tête sur la meule en pierre. Elle ne bougeait plus. Il s'est abattu sur elle: "Aïcha! Aïcha! Aïcha!"

» Ma mère ne répondait plus. Le temps s'était arrêté dans ses yeux. Une rupture la séparait désormais de nous. J'ai crié: "*Oummi* [1]*! Oummi!*"

» Il la regardait puis me regardait en silence et ses yeux me disaient: "Je ne voulais pas ça! Je ne voulais pas ça!" Il la regardait en silence et ses yeux pleuraient.

1. *Oummi* : mère, maman.

J'ai cessé de crier. Deux gouttes d'eau, détachées du seau pendu à la poulie, se sont écrasées, l'une après l'autre, au fond du puits.

» Il s'est levé. Il nous a encore fixées, ma mère allongée et moi agrippée à elle, puis il est sorti.

» Je ne l'ai jamais plus revu.

» Ma petite sœur de trois ans, malade, était couchée dans un coin de la pièce. Mon oncle et les voisins l'ont enterrée deux jours après ma mère. J'avais cinq ans.

» Dans le ksar, la rumeur murmurait qu'on était une famille maudite. Longtemps j'en ai été persuadée. Quand je marchais dans les rues, les enfants se sauvaient à mon approche. Sauts de grenouilles dispersées par l'affolement. Pour échapper à cela, je me suis dotée d'une sonnaille : pendant quelques jours, j'ai traîné derrière moi, attachée à une ficelle, une boîte de conserve vide. Puis, mes yeux se sont effacés de tout. Je me suis effacée du présent.

» Pour ne pas être complètement seule, je rêvais à cette autre moi partie avec lui. Je les voyais, très loin, à l'autre bout du monde, dans un désert du Nord où personne ne pouvait jamais les retrouver. Il jonglait avec des boules de neige. La neige s'effritait en l'air et retombait sur son rire en pluie de cristal. Elle, elle dansait en faisant tournoyer son grand chapeau rifain. Ils allaient de bourg en bourg comme des forains, des gens vivant de la fête. Les livres qui disaient des neiges et des froids coupants, mettaient de doux murmures dans mon silence. Des cristaux de glace circulaient dans mon sang et me donnaient le frisson au milieu de la torpeur.

» L'autre partie de moi, celle disparue avec ma mère et ma sœur, je ne pouvais pas me la représenter. Je l'avais bannie. Ou peut-être est-ce elle qui ne voulait pas de moi. Je ne sais pas. Pourtant, je la sentais toujours dans mon ombre, bruit silencieux, accroché à mes pensées et dont je ne parvenais pas à couper le fil invisible.

» En deux jours, ils m'ont tous abandonnée. J'ai

grandi seule, anorexique et traquée avec une âme de saltimbanque tragique. Je n'ai jamais plus mangé de grenade. D'ailleurs je ne mangeais plus, je ne me déplaçais plus que poussée par un dernier moi infime qui s'entêtait à respirer, à dormir, à marcher, somnambule pris dans l'inextricable enchevêtrement des solitudes et des haines.

— Tu n'aurais jamais dû revenir ici ! Tu n'aurais jamais dû ! dit Salah.

— Si, je le devais. Depuis quelques années, il ne me reste de mes parents que des silhouettes, des fantômes sans visages. Je n'ai aucune photo ni de l'un, ni de l'autre. Encore un autre morceau de moi qui me renie et m'abandonne. Et puis des gens d'ici, je ne me rappelais plus que des ricanements, des insinuations et des insultes dans mon dos. Etre revenue exercer ici, me permet de refaire provision de leurs douleurs, de leurs plaintes et de leurs gémissements, des abîmes de leurs tristesses, de leurs regards-blessures ; de leur redonner une chair de réalité ; de les appréhender dans leur globalité, ni totalement bonne, ni tout à fait mauvaise, mais conservatrice et arriérée. Cela me sauve des jugements manichéens, m'exorcise des perversions de la rancune, même si je me rends compte que mes souvenirs pèsent encore et toujours plus que les fardeaux de leur mémoire.

— Insultes, as-tu dit ? demandé-je.

— Oui, insultes et peurs. Insultes de la peur que j'inspirais. Enfant, je regardais les gens sans les voir. Je marchais à longueur de journée pour épuiser mes terreurs. J'avais pour seuls repères les odeurs des différents lieux. L'odorat a été le guide de ma cécité. De temps en temps, je prenais conscience que mon attitude était hors normes. Mais trop de vide en moi m'empêchait de m'ancrer dans l'habituel. Si l'on m'avait traitée de folle, cela ne m'aurait pas choquée le moins du monde. Je ne me suis jamais sentie bien éloignée de la folie, l'absurde me paraissant la meilleure riposte à la monstruosité. Mais non ! Ils ont d'abord dit : « Maudite

fille de putain, maudite fille des maudits ». Cependant, je me suis vite rendu compte de la puissante protection dont me couvrait ma prétendue damnation. Longtemps le mot « maudite » m'a préservée des jets de pierres et autres agressions qu'aurait pu me valoir celui de « putain ». J'ai cultivé mes malédictions en remparts mais aussi en excentricités et par provocation. Je n'ai jamais eu une âme de vaincue.

» Lorsque j'accédai au collège, est arrivé au village un nouveau médecin français. Il me prit totalement en charge pour me sauver de ma claustration. C'est alors que le mot "putain", hypertrophié par les fausses rumeurs, allumé par les souvenirs, encore vivaces, des affres de la guerre, a couvert le mot "maudite". Je suis devenue la putain du roumi. Dans les rues, on m'accusait de "donner aux roumis", de consommer chez eux du cochon et de l'alcool. J'étais vierge et je le resterais longtemps, par inappétence plutôt que par chasteté. Je n'ai goûté à l'alcool qu'à l'université, quant à manger… Ces propos souillaient, mutilaient mes rares affections. Paul et Jeanne Challes ont eu les pires problèmes à cause de moi. Je serrais les dents et je me disais : ils n'auront pas ma peau comme ils ont eu celle de ma mère. Au bout de deux ans, la situation était telle que les contrats des Challes ont été résiliés. Ils ont été expulsés de la région. Mon oncle venait de mourir. Grâce au concours de personnes compréhensives et influentes, Paul Challes a pu m'obtenir une place d'interne dans un lycée d'Oran.

» Si l'Algérie s'était véritablement engagée dans la voie du progrès, si les dirigeants s'étaient attelés à faire évoluer les mentalités, je me serais sans doute apaisée. L'oubli me serait venu peu à peu. Mais l'actualité du pays et le sort des femmes, ici, me replongent sans cesse dans mes drames passés, m'enchaînent à toutes celles qu'on tyrannise. Les persécutions et les humiliations qu'elles endurent m'atteignent, ravivent mes plaies. L'éloignement n'atténue rien. La douleur est le

155

plus fort lien entre les humains. Plus fort que toutes les rancœurs.

Un sanglot nous rappelle la présence d'Alilou. Sultana semble le découvrir comme en témoigne son étonnement. Salah porte une main sur la tête de l'enfant :

— Je te présente Alilou, le roi des ruines.

— Pourquoi es-tu allée au ksar, de nuit ? lui demandé-je.

— Je suis sortie d'Aïn Nekhla en voiture. Ensuite, j'ai quitté la route et j'ai roulé vers le vent de sable. J'ai stoppé la voiture en l'atteignant. Il y avait deux phares devant moi, ceux de la grosse cylindrée. Après...

Elle me regarde avec une mine inquiète avant de conclure :

— Après, je ne me souviens plus très bien.

— Sultana, il n'y a pas eu de vent de sable aujourd'hui, lui dis-je doucement.

— Alors je débloque totalement ?

— Tu es trop fatiguée, trop remuée par tout ça. N'importe qui le serait pour beaucoup moins.

La panique s'empare de ses yeux. Elle nous regarde alternativement, Salah et moi. Salah lui prend la main. Je caresse ses cheveux. Elle se calme peu à peu.

— Sultana, il faut que tu partes d'ici. Hier soir, des excités ont cassé les vitres de la cuisine. Tu ne peux pas rester ici, à la merci de ces gens-là. Viens avec moi à Alger ou bien va à Oran, si tu préfères.

Elle réfléchit et semble lutter contre elle-même durant un long moment avant de murmurer :

— Il me faut rentrer à Montpellier. Quelques jours devraient me suffire pour prendre des dispositions, trouver un autre remplaçant pour mon cabinet, en vue d'une plus longue absence. J'espère que cette coupure me permettra plus de discernement. Sans doute devrai-je revenir. Sinon comment échapper à l'angoisse des départs sans délivrance, des errances sans arrivée, de la perte des visages qui criblent et brûlent la mémoire, des tyrannies d'un pays qui a toujours troqué vos affections

156

et vos amours contre des terreurs ou des remords, qui a toujours condamné tous vos espoirs, qui enferme l'effort dans la solitude, qui transforme la réussite en détresse? Comment se guérir de l'angoisse de l'angoisse, de son hypnose et de son aphasie? Je ne peux pas ne garder de ce retour que des éboulis renouvelés dans ma tête. Je ne veux plus endurer l'invivable, la nostalgie sans issue. Mais je reconsidérerai tout cela sereinement, à Montpellier. Je vous tiendrai au courant.

– Reviens pour traverser le désert avec moi. Nous y resterons jusqu'à ce que tu en sois rassasiée. Puis, nous partirons en bateau. Je t'emmenerai aux îles Kerkennah. Tu verras, c'est un bout de désert dans la mer, un nénuphar orange qui danse sur les eaux.

Salah m'assassine des yeux. Sultana nous observe l'un et l'autre, longtemps, un sourire figé sur les lèvres. Brusquement, elle éclate en sanglots. Elle pleure comme on pleure de joie, avec un visage radieux.

IX

SULTANA

J'ai pleuré hier soir. C'est la première pensée qui me vient, dès que j'ouvre les yeux. Elle me gorge de bonheur. Comment, pourquoi, tout à coup un hoquet hasardeux a-t-il trouvé une retenue de larmes? Dans quelle contrée perdue? Délivrée, j'ai sombré dans le sommeil. Sans me rendre compte de rien. Je n'ai même pas rêvé de Yacine.

Est-ce Ali Merbah qui me suit en voiture? Avec un véhicule autre que le sien? Ou bien est-ce mon imagination qui déraille complètement? Qui lève un vent de sable qui ne souffle qu'en moi? Je la sais capable de tout. Ne fait-elle pas revivre des morts? Qu'importe! Ce matin, je ne suis d'humeur à m'abandonner ni à la mélancolie, ni à l'inquiétude. Je m'étire avec volupté. Puis, je repousse la couverture et m'assieds sur le divan. Allongés sur des matelas posés à même le sol, je découvre Salah, Vincent et le petit Alilou. J'en frémis d'émotion dans une sorte de vertige comblé. Serrée autour de mon sommeil, cette diversité mâle m'est un présent inestimable. Je me lève sur la pointe des pieds, légère, ailée par la gratitude.

Je prends une douche, porte un soin particulier à me refaire une beauté. Un peu de fard sur les cernes rehausse mon hâle. Un brillant corail aux lèvres, les boucles de mes cheveux brossées, gonflées… mais par-dessus tout, c'est cette lueur retrouvée par mes yeux, quelque chose entre insolence et défi qui m'éclaire et m'égaie, ce matin. Je me regarde, yeux dans les yeux. Je reconnais mon insoumise, dans cet éclat-là. Je la darde, la bombarde de questions :

Ma métamorphose, ce matin, est donc ton œuvre ? En tout cas, le signe de ton retour. J'aurais dû m'en douter ! Qu'est-ce qui t'a fait changer d'avis ? Ces liba-tions de larmes, ivresse jusqu'alors inconnue ? L'émoi dû à la présence de deux hommes à aimer, les remue-ments du désir et mon infirmité qui ne sait jamais choisir que la fuite ? Là, tu jubiles, je sais ! La peur de mourir d'ennui ou d'inanition loin de moi ? Le pro-jet du retour vers Montpellier ? Serais-tu seulement l'Occidentale en moi ? Non, je ne crois pas. Tu es la dualité même et ne te préoccupes jamais de la prove-nance de ce qui t'assouvit dans l'instant. Car tout t'est éphémère et l'inquiétude ne semble t'assaillir que pour marquer le creux d'où jaillit et s'élance le rire décapant de ta dérision.

Une fleur de dédain piquée à son sourire et le regard en coin, elle me dévisage, m'envisage en pièces éparses sur l'échiquier de sa volonté.

Forte du sentiment de ma complexité recomposée, je quitte la salle de bains. Je fais du café. Pendant qu'il passe, je vais m'habiller. Je choisis une robe orange dont j'aime la gaieté. De retour dans la cuisine, je découvre les carreaux de la fenêtre, cassés. Il faudra que je demande à Khaled s'il y a un vitrier à Aïn Nekhla. Il faudra que je dise à Halima de revenir pour le ménage et pour me mitonner quelques plats bien d'ici. Il faudra que j'appelle Air Algérie afin de réser-ver mes places. Probablement pour la semaine pro-chaine. Il faudra que j'avertisse qui de droit de ce départ.

Montpellier : revenir ou non ? Pour un voyage ou pour un remplacement ? Salah ou Vincent ? Lorsqu'on a toujours agi sous la contrainte ou dans l'urgence, avoir subitement le choix est un effroi, un luxe piégé que l'on fixe à reculons.

Montpellier, à mon départ, les micocouliers se déshabillaient. Les vignes sont depuis longtemps sanguines que le panache de ces arbres nargue encore les attaques flamboyantes de l'automne. Mais sur un coup de tramontane de la fin novembre, ils posent brusquement toute leur défroque, qui jaunit à leur pied.

Chez moi, je dois tailler la haie, ajouter un peu de terre de bruyère aux hortensias et aux camélias, couvrir de paille les pieds du plumbago et du bougainvillier avant les gelées... Je dois... Ce jardinage intérieur a beau me débroussailler de mes confusions, c'est tout de même troublant de se sentir à la fois ici et là-bas, l'autre et celle-là.

Dans le réfrigérateur, je trouve du beurre que Salah a dû apporter d'Alger. Je m'installe et déjeune avec appétit. Salah et Vincent se lèvent en même temps. Ils me saluent, de concert, d'un sifflement ravi. Leurs yeux qui s'attardent sur moi m'insufflent un regain de plaisir. Leurs joutes oratoires, leur rivalité ludique, me ravissent et m'attendrissent. Mais comment... comment leur faire comprendre ma terreur du choix, de l'arrêt ? Comment leur faire entendre que ma survivance n'est que dans le déplacement, dans la migration ? Lorsqu'on est ainsi, une avidité qui a la brûlure au cœur, la projection dans le temps est quasi impossible. La famine que l'on trimbale en soi, tout en peau, tout en griffes, tout en yeux, tout en nerfs, tout effondrée ou en alerte, est toujours trop excessive pour être longtemps supportée ; trop occupée à se goinfrer du moment pour s'envisager dans le partage et dans l'avenir. Mon retour ici m'aura servi au moins à cela, à détruire mes dernières illusions d'ancrage. Comment les persuader de cela, quand moi-même j'ai mis tant d'années à l'admettre ?

Alilou, qui pointe son petit nez de fennec et ses yeux

qui se consument sous les broussailles de ses cheveux, me sauve de leurs questions.

On frappe violemment à la porte. Salah pose sa tasse de café et s'en va ouvrir.

— Qu'est-ce tu fais encore là, toi ? Et elle, où elle est ! ?

Bakkar, le maire, est accompagné d'Ali Marbah et d'un troisième larron avec la même expression hallucinée.

— On veut plus que tu restes chez nous ! Aïn Nekhla, c'est pas un bordel ! Toi, tu couches même avec les étrangers ! Deux hommes en même temps ! On te connaît ! Tu es toujours un danger pour les filles, un péché dans le village, braille-t-il, perdant sa chique en postillons fétides, dès qu'il m'aperçoit.

Le visage de Vincent est la consternation même. Salah, lui, leur envoie violemment la porte au nez. Il se retourne vers nous et déclare :

— Il faut laisser la haine et la bêtise enragées se dévorer elles-mêmes.

Pris d'hystérie, les hommes tambourinent sur la porte avec frénésie, profèrent des menaces, me promettent les sentences capitales du « tribunal des croyants ».

— Tu veux toujours revenir ici ? s'inquiète Salah.

— Oui, mais pas à n'importe quel prix. Je voudrais revenir pour les Dalila et les Alilou, pour la quête des yeux d'enfants qu'il ne faut pas abandonner à la détresse ou à la contamination. Je voudrais revenir pour le désert. Mais à quoi bon, le désert ? L'ai-je seulement vraiment admiré depuis mon retour ? Si je me sens une ombre loin de lui, il n'est qu'un fantôme poussiéreux, aux confins de la blessure de mes yeux, lorsque je suis ici. On croit revenir et c'est une étrangère en nous qui découvre et s'étonne. On ne se retrouve même pas dans ce qu'elle voit. Les mots de ces hommes et les maux du village abîment le paysage. Je reverrai cela à partir de

Montpellier, à partir d'une autre moi-même, plus distante et plus avisée.

Une foule d'hommes entoure l'hôpital. Alilou, attaché à mes pas depuis son réveil, me prend vaillamment la main. Je serre fort la sienne. Je ne regarde personne. Nous fendons la masse.

— Traînée ! crie une voix que je pense être celle d'Ali Marbah.

— Ferme ta gueule, pédé ! intime un anonyme.

Un sursaut traverse Alilou. Sa petite main le décharge en moi. Je me retourne. Mes yeux trouvent instantanément ceux d'Ali Marbah. La colère me hérisse :

— Vous n'êtes que des frustrés, dans vos têtes et dans vos slips ! Vous n'avez jamais eu de cerveaux. Vous n'êtes que des sexes en érection ! Une érection insatisfaite. Vos yeux ne sont que vermines. Une vermine constamment à souiller, à ronger, à dévorer les femmes !

J'ai détaché mes mots avec délectation. Pris dans la zizanie de ses tics, les yeux d'Ali Marbah louchent, roulent et menacent. Un silence profond tombe sur les hommes, exaspère la tension. Je réprime le rire qui monte en moi. Je hausse les épaules, leur oppose un air désinvolte et narquois et reprends mon chemin. Une pierre percute la porte de l'hôpital, devant moi. « Fils de pute ! » crie quelqu'un. Je gravis les marches et claque la lourde porte derrière moi. Khaled vient aussitôt à ma rencontre.

— Venez, venez !

Il nous pousse dans le cabinet, Alilou et moi, et ferme la porte :

— Le maire vient de passer par là, agité comme un frelon aux premières chaleurs. Il a chassé les hommes des salles d'attente : « Il ne faut pas l'attendre. Partez, partez ! Nous ne voulons plus d'elle, ici ! Elle n'est pas digne d'occuper ces fonctions ! » Il ne s'est pas vu, lui qui traite les gens comme du bétail. Il n'aimait pas Yacine, non plus. Mais il n'a jamais eu le courage de venir se frotter à lui. Il menait son travail de sape sournoisement, le saligaud. La majorité des femmes, elles, cabrées par ses outrances, ont refusé de quitter les lieux. Je n'ai pas eu le temps de réagir qu'elles se sont dressées, lui barrant le couloir :

» – On va t'écraser, pou de notre misère ! a hurlé l'une.

» Il a reculé.

» – On va te faire boire toute ton arrogance, lui a jeté une autre.

» Elles avançaient d'un pas. Il reculait de deux. Elles écumaient. Il était, soudain, blême et muet sous les mitrailles de leurs sarcasmes :

» – Que lui veux-tu à Sultana Medjahed ?

» – Lui faire subir le sort de sa mère ?

» – Ça, tu sais que tu ne le pourras jamais, parce que Sultana est une femme libre, elle ! C'est ça qui te rend enragé ? Malgré toutes les tyrannies et les discriminations qu'elles endurent, il y a quand même des Algériennes libres ! Ah, ah, ça vous explose la tête et vous scie le *zob* !

» – Ça t'a rendu cinglé de ne pas avoir eu sa mère, hein ? ! Tu n'as jamais digéré qu'elle t'ait préféré un étranger.

» – Crois-tu que nous avons oublié que c'est ta langue de bouc en rut qui a déclenché et entretenu les médisances, jusqu'au drame ?

» – Martyriser et jeter à la rue tes propres femmes ne te suffira donc jamais ? ! Il faut encore que tu lorgnes celles des voisins et prétendes commander même celles qui sont à des infinis de ta portée ?

» – Et ton compère, ce démon d'Ali Marbah. Dis-lui, dis-lui que je lui lacérerai la peau partout, partout, surtout en bas, là où il a le feu du diable. Dis-lui qu'ensuite je le saupoudrerai de sel et de poivre et que je le jetterai au soleil et au vent, aux charognards pour qu'ils lui picorent les plaies. Tu le sais, toi, qu'il a laissé mourir ma fille ! Après son accouchement, elle a saigné tout son sang : "Emmène-la à l'hôpital, demande au docteur de venir !" qu'on a dit nous les femmes. "J'en ai marre qu'elle ne me fasse que des filles ! Laissez-la donc saigner ce sang vicié. Ça va lui remettre à l'endroit son fourbi intérieur", a répondu cette crapule.

» – Dès que le jour s'est levé, on a envoyé, en cachette, un enfant quérir le médecin. Mais il était trop tard. Elle s'était vidée durant la nuit pendant que lui ronflait. Dis-lui que je boirai son sang jusqu'à la dernière goutte.

» C'est Lalla Fatma qui a proféré ces menaces à l'encontre de Marbah. Avant, Lalla Fatma était une femme douce et effacée. Depuis la perte de son unique fille, on ne la reconnaît plus. Un jour que je lui faisais une piqûre à l'infirmerie, elle s'est emparée d'un crayon posé sur la paillasse. Elle a sorti un couteau affûté d'une poche de son saroual et s'est mise à entailler, rageusement, le crayon : "La plupart de nos hommes sont ainsi envers leur femme : du noir à l'intérieur avec du bois autour. Il faut les couper comme ça, jusqu'à la fin !" Lorsqu'il n'est plus rien resté du crayon, elle a fixé la lame noircie de son couteau avec autant de dégoût que si elle avait été maculée de sang. "Donne-moi de l'alcool", a-t-elle murmuré. Elle a nettoyé le couteau avant de le rempocher. Elle m'a quitté muette et pleine de fureur.

– Et Bakkar, qu'a-t-il dit ?

– Rien, rien ! La stupeur et la peur lui avaient fait avaler sa langue. À force de reculer dans le couloir, il a fini par buter contre la porte d'entrée. Il l'a ouverte et a détalé sous leurs rires et leurs railleries. Je n'en croyais pas mes yeux.

– Ces gens-là ont si peur des femmes ! Ils en sont si malades !

J'ouvre la porte de la salle d'attente. Une douzaine

de femmes sont là avec les doctes mines de celles qui tiennent conseil de guerre. À mon apparition, une des plus âgées se lève. Ma mère aurait eu son âge. Longue, basanée, sculpturale, portant la *melehfa* [1] noire des Doui-Miniî, la tribu de ma mère.

— Nous savons qui tu es, ma fille. Nous sommes contentes que Sultana Medjahed soit devenue une belle femme, docteur de surcroît. Il ne faut pas céder à ces tyrans ! Nous les femmes, on a besoin de toi. Jusqu'à présent, il n'y a eu que des médecins hommes, ici. Toi, tu es des nôtres. Toi, tu peux nous comprendre. L'institutrice et la sage-femme sont venues, tout à l'heure, juste pour te soutenir. Elles ne pouvaient pas rester plus longtemps, à cause de leur travail. Mais elles nous ont demandé de te le dire. Trente années à supporter ceux du Parti suffisent à notre peine. Nous ne voulons pas retomber sous un joug encore plus impitoyable, celui des intégristes. Que croient-ils ces faussaires de la foi ? Seraient-ils tous des prophètes d'un nouvel Allah que nous aurions ignoré jusqu'à présent ? Des hérétiques, voilà ce qu'ils sont. Leurs propos et leur existence même sont des insultes à la mémoire de nos aïeux, à notre religion et à notre histoire. C'est une ancienne du maquis qui te parle. Une femme qui ne comprend pas par quelle perversion l'indépendance du pays nous a déchues de nos dignités et de nos droits alors que nous avons combattu pour elle.

» Nous, on est avec toi. Nous nous sommes donné le mot pour venir te voir ensemble, aujourd'hui. Sois avec nous ! On te demande de nous soigner. Nous attendrons toutes ici, jusqu'à ce que tu aies fini. L'institutrice et la sage-femme viendront nous rejoindre. Ensuite, nous traverserons en groupe le village pour aller chez Khaled. Sa femme est en train de nous préparer un couscous. Il faut qu'on parle, qu'on parle, qu'on se donne un peu de solidarité. Il faut qu'ils sachent qu'on ne se laissera plus faire. Que nous sommes même

1. *Melehfa* : sorte de sari, généralement noir.

166

prêtes à reprendre les armes, s'il le faut ! Ma fille, *une main seule ne peut applaudir*. Avant, la veuve et la répudiée étaient reprises par leur tribu. Elles y étaient nourries et protégées. Si elles n'avaient aucune liberté, du moins n'avaient-elles le souci de rien. Autrefois, la vieille femme trônait sur une large famille. Elle avait la force de ses fils devenus des hommes. Elle était riche du capital de leur respect. Elle jouissait enfin de toutes les joies, de tous les honneurs gagnés et épargnés durant les rudes années de sa jeune vie.

Elle reprend son souffle, passe la main sur le rictus de sa bouche, frotte la main contre le tissu de sa *melehfa*. Les femmes derrière elle, mur de silence, cimentées par l'union. « Muette et pleine de fureur », a dit Khaled à propos de l'une d'entre elles. Je les trouve toutes ainsi, muettes et pleines de fureur. Si belles dans leur fureur. Entre elles et moi, Alilou, et les astres noirs de ses yeux. Yeux de l'enfance adulte, pire condamnation des grands. La vieille femme se remet à parler :

– Maintenant, les tribus sont éclatées, qui dans le Tell, qui à l'étranger. Maintenant, les maisons de la modernité ont peut-être le confort, mais elles sont dépourvues de générosité. La modernité ? Elle nous déballe ses vanités aux yeux et ferme ses portes sur un tout petit nombre de gens. Réduisant la famille à un homme, sa femme et leurs enfants, elle signifie aux autres membres de la tribu leur exclusion. Maintenant, l'attrait des villes a déchiré les clans. Maintenant, la durée de l'éloignement a achevé les liens distendus, anéanti la solidarité. Maintenant, la veuve et la répudiée se retrouvent à la rue avec une ribambelle d'enfants. Personne ne peut plus les nourrir, ni les protéger. Personne. On a toujours appris aux femmes que la rue n'était pas leur territoire, qu'elles n'avaient à s'occuper que de leur intérieur et voilà qu'un nombre, chaque jour grandissant, d'entre elles doivent, la serpillière à la main, asservies à des arrogances démultipliées, affronter les ordures de toutes les administrations, de toutes les institutions et des lois qui les injurient. Maintenant une femme ne retire rien du travail, des vexations et des brimades subies. Toute la volonté et l'abnégation qu'elle peut donner à la jeunesse des jours, ne lui servent plus à rien. Lorsqu'elle devient vieille, ses belles-filles ne la veulent pas, ses enfants sont dispersés. Elle se serre contre le plus clément de ses enfants, s'il en est un. Quelle tristesse de réaliser que sa vie n'a été qu'esclavage et humiliations, dans l'impuissance continue ! Alors comment transmettre une tradition que plus personne ne respecte ? Comment perpétuer un mode de vie qui ne nous reconnaît plus aucune considération, à aucun moment de la vie ? Il faut qu'on parle. Il faut qu'on se donne de la solidarité. *Une main seule ne peut applaudir* et nous ne pouvons en supporter davantage ! Nous sommes si usées.

D'autres discours, d'autres constats. Je conseille. J'acquiesce ou réconforte. Puis, effarée par tant de désarroi, je me réfugie dans le cabinet. Avec leur voile, elles posent leur rébellion, leurs revendications, le feu de leurs yeux. Devant le médecin, elles ne sont plus que *koulchite* qui geint ou bafouille. Je fouille les *koulchites*. *Koulchites* en vrac, souffrances en morceaux, en monceaux, en inextricables écheveaux. J'essaie d'en trouver les bouts. J'écarte, je démêle, je trie. Je me décourage. Entre les tenailles du temps, grince mon exaspération et la maladresse me guette. Je ne suis pas psychanalyste et le médecin, ici au sud des Suds, est dépourvu même de l'indispensable, des drogues adéquates.

La perte du sens est une *koulchite* sous presse, un noyau de détresse dans chaque cellule du corps de la fatalité.

Quelques hommes sont revenus vers moi :

– « Ils » ne nous commandent pas, nous, ces chiens ! fulmine l'un.

– Nous, on n'a rien contre toi. Toi, tu n'es pas une femme. Tu es un docteur, juge un autre.

– Je suis une femme docteur ! Une femme avant tout, m'entends-tu ?! Et je n'ai que faire des fanfaronnades des uns, de la morale décrépite et boursouflée ou de la lâcheté des autres !

– Madame, ne dis pas qu'on est lâches, me conjure un mastodonte dans une plainte de martyr. Nous sommes prêts à nous battre contre eux pour te défendre.

– La belle affaire ! Commencez par vous défendre vous-mêmes contre cette racaille intégriste ! Moi, votre bêtise m'a armée depuis longtemps !

Marmonnements dépités.

– Même aller chez le marabout ou chez le docteur est un péché à présent ? Où on va comme ça ? « Ils » n'ont qu'à nous dire clairement : allongez-vous par terre et laissez-vous mourir ! s'indigne un troisième.

C'est une véritable délégation qui, à la mi-journée, quitte l'hôpital. Il ne nous manque plus que banderoles et drapeaux. Les slogans martèlent dans les têtes. Khaled et trois autres gaillards ferment la marche. Zyneb, la femme de Khaled, nous accueille. Autour des plats de couscous, *koulchites* remisées, les conversations se déchaînent de plus belle. Quelques-unes possèdent d'incontestables talents de comédiennes et de mimes. Elles se moquent de leurs maux et de la misère, et leurs yeux fourmillent de larmes malicieuses. Elles brocardent la langue de bois et les rodomontades officielles et leurs regards sont des cimeterres. Elles fustigent le zèle venimeux des islamistes et leurs pupilles s'attisent en brandons. Elles vilipendent la veulerie et le simiesque des converties au *hijab* [1], et l'amertume griffe tous les traits.

– Moi, je vais vous dire, j'avais la tête plus solide quand j'allais régulièrement aux *hadras* [2]. La transe

---

1. *Hijab* : rideau, protection, voile.
2. *Hadra* : réunion de femmes où les chants s'accompagnent de transes.

m'était un antidote efficace, affirme une antique, le cheveu rouge de henné.

— Pourquoi n'en organiserions-nous pas chez l'une ou l'autre? questionne une jeune, grosse jusqu'au ras du front.

— Ces dernières années, nous avons tout perdu, même ces moments de défoulement salutaire et nous nous sommes perdues à nous-mêmes, argue une autre qui porte de lourds bijoux africains.

— Moi, je n'ai ni mari, ni grand fils. Venez donc chez moi vendredi après-midi. Il y aura des galettes et du thé.

Les *koulchites* de celles-ci connaîtront, à coup sûr, quelques rémissions, pensé-je. Quand arrivent les plateaux de thé, l'ancienne maquisarde demande le silence et évoque son projet d'association. Les voilà solennelles. Peu à peu, je prends conscience qu'il n'y a là aucune improvisation : je suis en train d'assister à une réunion prévue et préparée. Ma présence dans le village n'a donc fait que précipiter ce qui couvait déjà.

L'après-midi est bien entamé lorsqu'elles décident qu'elles ont suffisamment avancé pour une première rencontre. Des objectifs ont été fixés, des tâches distribuées.

— Tu es bien avec nous? Tu ne nous abandonnes pas? s'inquiète leur meneuse des Doui-Miniî. Nous voulons que tu sois notre présidente. Seulement, il te faudra être plus discrète avec tes amis !

— Plus discrète, c'est ne plus les recevoir du tout, non ?

Je ne puis m'empêcher de rire aux éclats. Elles, leur soudaine crispation est une si évidente preuve de leur communion et, par ricochet, de mon isolement. Je hausse les épaules, désabusée.

— Faites comme nous. Ici on se tient à carreau. Pour les extra on va à Oran ou à Alger, me confie, dans un aparté en français, l'institutrice.

Je les dévisage à la ronde :

— Non, non, je ne serai pas votre présidente. L'insti-

170

tutrice est beaucoup plus indiquée pour cela que moi. Vous avez peut-être besoin du médecin, mais la femme...

– Mais tu es de chez nous, toi aussi !

– Serai-je toujours des vôtres lorsque je vous dirai que je ne veux renoncer à rien ? Et puis que signifie être des vôtres ? De n'avoir eu ni tribu, ni famille m'a délivrée du seul partage de l'habitude et des conventions, de leurs contraintes et de leurs hypocrisies. La rébellion contre les injustices est une chose, le vrai désir de liberté en est une autre qui exige un pas beaucoup plus grand, parfois quelques ruptures.

Visages hermétiques. Ce n'est même pas la peine de continuer. Un malaise nous sépare, un instant. Puis, l'une d'elles me dit :

– Je me souviens si bien du jour où tu as quitté le village.

– Moi aussi !

La femme ignore mon ironie et continue son évocation :

Ce médecin était venu te chercher. Il avait garé sa voiture sur la place du ksar. On vous a vus sortir de l'impasse. Il portait ta valise. Tu avais des yeux terribles, terribles. Des femmes, des enfants et des hommes se sont mis à vous suivre. Il y avait un grand silence. Avant de monter en voiture, tu t'es retournée et tu as promené tes yeux sur nous tous. Et puis tu as fixé Bakkar et tu as dit d'une voix rude : « Toi et ceux de ta bande, vous êtes le pourri du pays. Moi je vais étudier et je serai plus forte que toutes vos lâchetés et vos ignominies. Regardez-moi bien, je vous emmerde ! Et je reviendrai vous le redire un jour. » Oui, tu as dit ça et même que tu as répété « je vous emmerde ». Ensuite, tu es montée en voiture et vous êtes partis.

Une autre lui coupe la parole :

– Alors une femme a lâché sous son voile : « Y a pas à dire, elle est courageuse, cette petite ! »

– Ah oui ? Je pensais que ma condamnation était unanime. Je pensais que j'étais interdite au village. En tout cas, je n'ai entendu, moi, que les « putain ! » qui pleuvaient sur mon passage. Du moins, actuellement, existe-t-il quelques désaccords ou affrontements entre les gens. Les unanimités d'antan, surtout pour les mises au ban, m'effaraient. Elles m'ont rendu service. Je me méfie toujours des dangers des consensus !

— Nous n'approuvions pas toutes la réprobation qui s'abattait sur toi. Mais nous n'avions aucun moyen, aucune influence pour intervenir en ta faveur.

— Hum, hum, et vous l'avez acquise, cette puissance qui vous faisait défaut ?

— Lorsqu'on est acculé, on est obligé de riposter. C'est peut-être de là que nous viendra la force. Une par une, ils peuvent nous asservir ou nous casser. Ils y réfléchiront à deux fois si nous nous unissons.

Un ange passe. Puis tout sourire, l'une d'elles murmure :

— Je me souviens si bien de ta mère ! Elle était si belle, beaucoup plus belle que toi.

— Oui ?

L'embarras se dissipe. Les visages sourient. Une autre poursuit :

— Elle était belle et gaie. C'est pour ça qu'elle est morte jeune. La vie, ici, ne supporte pas la gaieté, surtout chez une femme.

Et une autre :

— Et elle savait qu'elle était belle. Elle aimait se regarder. Elle aimait se faire encore plus belle et, chez nous, c'est déjà La Faute.

Et une autre :

— Et moi, je me souviens si bien de ton père. Un grand *Chaâmbi* [1] avec une moustache comme seuls en ont les Chaâmbis, et avec leur majesté.

Je m'écrie :

— Oui ! oui !

---

1. *Chaâmbi* : de la tribu des Chaâmba (hauts plateaux, Méchéria), réputée pour ses preux cavaliers et sa résistance à la colonisation.

172

Les visages s'attendrissent. En moi monte un son de flûte radieux. Une joie qui ondoie et gagne tous mes coins silencieux. Et une autre :

— Et lui si beau avec sa fierté et sa moustache de Chaâmbi, il est arrivé et il a pris la plus belle femme d'ici, celle qui était promise au Bakkar, lui l'étranger.

Et une autre :

— Bakkar en est devenu fou et ceux de sa tribu, les Ouled Gerrir, avec lui. Ceux de ta mère, les Doui-Miniî, riaient sous cape et buvaient cette farce comme du petit lait bien frais.

— La rivalité des deux tribus est légendaire. Elles ne pactisent jamais que pour mieux se déchirer par la suite.

— C'est toujours dangereux pour un étranger que d'être pris dans l'affrontement de deux tribus ennemies. Du reste, c'est toujours un drame que d'être étranger quelque part.

Je dis :

— Non, ce n'est pas un drame d'être étranger, non ! C'est une richesse tourmentée. C'est un arrachement grisé par la découverte et la liberté et qui ne peut s'empêcher de cultiver ses pertes.

Ces paroles ne trouvent aucun écho en elles. L'une d'elles reprend :

— Et il aimait sa femme, le Chaâmbi. Il aimait tant sa femme que, pour les autres, c'en était un autre péché.

— Ah oui, il aimait tant ma mère ?

— Oui, oui, il l'aimait, lui le grand Chaâmbi, comme un homme en perdition peut aimer une « fille ».

— Ah, oui tant que ça ? demandé-je encore.

Ma voix tremble. Mes doigts tremblent. Je suis une flûte ivre de vent. Une autre renchérit :

— Ce grand bonheur, perçu comme une anomalie, a attisé les jalousies, déchaîné les langues et armé les sorcelleries. Alors le malheur est arrivé, forcément.

– Forcément, oui, un grand malheur ! Et puis ton père t'aimait beaucoup trop aussi, s'exclame l'une, sourire en croissant dans l'outrage du tatouage.

– Cela se voyait tant ? On n'aime jamais trop sa fille !

– Il t'aimait beaucoup trop, tranche-t-elle, tatouages noués. S'il t'avait moins aimée, s'il t'avait considérée juste comme sa fille, tu aurais vécu parmi nous. Mais comme il t'aimait trop, il t'a rendue rebelle et difficile, aveugle à nos attentes et même à nos attentions. Tu étais comme venue d'ailleurs, avec des habitudes d'ailleurs. Et le malheur t'a faite encore plus étrangère. Alors tu es partie, toi aussi.

– C'est cela le drame ! Ce rejet en bloc qui vous broie et vous jette hors de tout. Un premier exil hors de l'enfance qui ne vous laisse plus que l'exquise blessure de la lucidité. Plus tard, polie par les incertitudes et les solitudes, vous n'êtes plus qu'une envie sans accroc possible, mise en orbite autour des peurs, une fuite infinie.

Elles m'observent, déconcertées. Elles, unies par la même hébétude. Moi, de nouveau si seule. « Tu parles comme un livre ! » La repartie de Salah claque dans ma tête. À quoi bon les mots qui se perdent dans l'incompréhension. Je ris et les inquiète. Les interrogations de leurs yeux ne se disent pas. Cependant, je sais, je sens, leur réel désir de me « racheter », de me lier à elles. Je n'y suis pas insensible. L'une d'elles rompt le silence d'un ton léger :

– Il te prenait partout avec lui. Il te portait à califourchon sur sa nuque. Et tous lui disaient : « Chaâmbi, on ne porte pas ainsi une fille ! Chaâmbi, pose-la, ce n'est qu'une fille ! » Il riait de son rire fort et rétorquait : « Bande d'ignares, regardez-la bien ma fille, elle vaut plus que tous vos garçons réunis ! »

– Il disait cela ? Je ne m'en souvenais plus.

– Tu étais trop jeune, s'exclame l'antique aux cheveux rouges de henné.

Et une autre de poursuivre :

– Il disait cela dans son rire fort. Et tous savaient

bien que, de sa part, ce n'était pas seulement une plaisanterie. La preuve, c'est qu'il t'a mise à l'école alors qu'aucune autre fille du ksar n'y mettait encore les pieds. Ton père était l'étranger d'ici. Un étranger instruit, différent.

L'école, première rupture... Il lisait des livres, à la lumière du quinquet. Il me racontait des histoires de neige, de vent et de loups blancs dans les pays du froid. Des histoires comme un grand calme, un sommeil étincelant.

Elles se taisent toutes et me regardent. Ma tête est pleine d'une image. Une image sans parole et la douce caresse du vent de la flûte.

— L'as-tu revu, ton père ? me demande la femme au long discours.

— Non, jamais.

— Quel malheur ! dit l'une.

— On dit qu'il serait parti à l'étranger, hasarde une autre.

— Peut-être dans un désert de neige ? suggéré-je.

— D'autres disent aussi qu'il aurait rejoint le maquis et que la mort l'aurait trouvé là, murmure une des Ouled Gerrir.

Et une autre :

— Ce qui est certain, c'est qu'il a dû mourir. Sinon, il t'aurait donné des nouvelles. Il t'aurait demandée auprès de lui.

— Oui, ça c'est sûr, confirme une autre.

Elles continuent à épiloguer mais leurs voix s'éloignent dans ma tête. Alors je le revois. Je le vois, lui, mon premier arrachement, ma première souffrance. Je le vois avec sa moustache de Chaâmbi, avec ses yeux comme deux gorgées de nuit saturées d'étoiles. Je le vois, lui, l'étranger d'ici. Je le vois étranger rieur, dans les steppes du Nord, dans l'atmosphère nacrée de ses lectures. Je le vois marchant dans les quatre saisons de ces steppes-là. Dans leur neige virginale. Dans leur blizzard pareil à un conte déchaîné. Dans leur printemps folâtre, ivre de ses orgies. Je le vois, recueilli, près d'une source où s'abreuvent des nuées d'oiseaux aux ailes encore lourdes du retour et déjà frémissantes aux appels du départ. Je le vois, guetteur impénitent d'absolu, goûteur de différences, dans la plénitude de l'automne, dans la rousseur de sa paix. Puis encore dans le rire blanc et coupant de l'hiver. Je vois, dans la nuit de ses yeux, l'incendie du désert. Je vois à son sourire la morsure du regret. Je le vois avec les multiples yeux de l'absence, de toutes les carences. Je le vois en farandoles d'instants, de nouveau bouclées hors de l'oubli.

— Ta mère était des miens, des Doui-Miniî, des esclaves affranchis, enlevés au cœur de l'Afrique, me dit l'ancienne du maquis.

— Oui, je sais.

Et ma mère remonte en moi, aussi. Elle déborde mon cœur et mes yeux, me baigne toute. Je flotte en elle. Ma mère, rivière de larmes, aux méandres de mon tréfonds, frémissement inaudible de mes hésitations. Ma mère, crue du vide, cruel silence qui noie la stridence des jours.

En fin d'après-midi, Vincent et moi, nous avons transporté les tableaux de Yacine chez Khaled. Je serai plus tranquille de les savoir là. Le portrait de Dalila et le matériel de dessin et de peinture, je veux les donner à celle-ci.

À Tammar, nous nous rendons d'abord à la librairie. Vincent tient à offrir à la fillette des dictionnaires et quelques livres. Puis, il me dépose devant sa maison. Dalila m'accueille à la porte. Elle surmonte vite son étonnement pour m'intimer :

— Tu parles pas de Samia !

Je n'ai pas le temps de répondre, sa mère est devant moi. J'explique qui je suis et lui dis avoir organisé un concours de dessin dans les écoles :

— Dalila est la plus douée de tous les élèves. Elle a obtenu le premier prix ! Je tenais à le lui apporter moi-même, chez elle, pour convaincre ses parents de l'importance de ses dons. C'est bien, très, très bien !

– Le seul bien qu'une fille doit avoir dans la tête, c'est l'obéissance à ses parents et leur bénédiction, rétorque la mère, à l'évidence intimidée par ma présence, embarrassée par les fournitures et les livres déballés sous ses yeux.

– Il faut absolument qu'elle continue dans cette voie. Pour l'encourager, j'ai fait son portrait. Regarde.

Tandis que je découvre le tableau, je vois l'ahurissement de Dalila décrocher sa mâchoire inférieure. Bouche ouverte, elle ne pipe mot. Sa mère observe longuement le portrait. Elle finit par concéder :

– Tu dessines bien, toi aussi.

Raide, elle se lève, s'empare du tableau et va le cacher dans l'unique armoire de la pièce, sous une pile de linge. Replaçant la clef du meuble dans une poche de sa ceinture, elle me dit :

– Je te laisse avec Dalila. Je vais préparer du thé.

Aussitôt, Dalila recouvre ses esprits :

– Elle est mitigée. Très, très mitigée mais coincée de silence.

– C'est le moins qu'on puisse dire.

– En tout cas, elle peut pas me crier. Elle peut rien me dire. Tu mens presque aussi bien que moi ! Ça me rassure pour toi. Tu es encore algérienne par le mensonge. Avec ta façon d'être, toute loin, toute droite dans tes vérités, qui choquent les gens d'ici, je croyais que tu avais oublié comment les filles, elles font pour tromper les autres.

Elle caresse un tube de peinture en regardant fixement l'armoire :

– C'est drôle de penser à cette Dalila avec le linge sur sa figure comme une « entchadorée ». Tu crois que les mites, elles vont pas lui manger les yeux ?

Et sans attendre ma réponse :

– Je vais acheter du camphre et je le mettrai sur les yeux du tableau. Elle va dormir, cette Dalila, jusqu'à ce que moi, je pourrai vivre.

Puis, désignant les livres et l'attirail de dessin :

– Ça fait étranger au milieu de choses que du manger et du dormir. On dirait des marchandises de « *trabendo* »... J'emporterai tout ça chez Ouarda, sinon mes frères, ils vont les changer contre du kif ou des cigarettes de l'Amérique.

– Pourquoi ne faut-il pas parler de Samia ? demandé-je en me rappelant soudain son exhortation.

– Comme ça !

– Si tu ne me dis pas pourquoi, je poserai des questions à ta mère, à son sujet.

– Non ! Non ! Fais pas ça ! Samia... elle existe pas.

– Comment ça, elle n'existe pas ?

– Samia, c'est qu'une sœur zyeutée dans mes rêves. C'est que toutes les filles qui quittent l'Algérie, les gens en parlent tellement qu'elles viennent dans mes rêves. Maintenant, c'est comme si que c'était un peu toi.

– Ah bon ? Et l'autre, celle qui ne laisse pas de trace sur la dune ?

– Ça, je te dirai pas, même si tu répètes à ma mère, je m'en fiche !

– Rassure-toi. Je n'en dirai rien.

Songeuse, elle contemple longuement son trésor avant de me confier :

– Tu sais, les gens ici, ils sont tellement pauvres qu'ils gardent jamais trois sous pour des plaisirs. Ils les gardent rien que pour les enterrements et les catastrophes. Les filles, elles font pareil avec les rêves et les mensonges. C'est rien que pour réparer les trous de la vie.

Puis abandonnant la gravité pour un petit air coquin :

– Toi et moi, c'est pas le concours de dessins qu'on

178

fait, c'est celui des mensonges!... Ah, ah, tous les dessins de la méchanceté que je vais faire!

La nuit est sombre, épaisse. Des myriades d'étoiles constellent le ciel. La route défile dans la trouée des phares, droite, sans surprise. À l'arrière de la voiture, la nuque renversée sur le siège, Salah chante. Un chant andalou, magnifique et poignant. Vincent, au volant, paraît calme, attentif à ce chant. Le front appuyé contre la vitre, je scrute le ciel.

— Nulle part ailleurs on ne voit autant d'étoiles, murmuré-je.

Vincent conduit lentement. Je me laisse bercer par le récital de Salah. Je crois que nous sommes tous contents d'être là, ensemble. Nous avons fait des courses. Au marché de Tammar, il y avait des truffes à un prix dérisoire. « C'est pas les mêmes que chez toi », a averti Vincent un marchand scrupuleux. Ce soir, nous sommes convenus de nous préparer un repas de rois, de partager un bon vin et au diable les angoisses et les inquiétudes.

— Oh, regardez cette lueur qui monte d'Aïn Nekhla! s'exclame Vincent.

Salah se tait, prend appui sur mon siège :

— Il se passe quelque chose d'anormal, un incendie?

Je me contracte, subitement pleine d'appréhension. Vincent accélère.

— C'est un incendie, c'est sûr! déclare Salah.

Nous gardons le silence jusqu'à Aïn Nekhla.

Un charivari règne dans le village. Des gens courent dans tous les sens, s'interpellent. Vincent freine sec. Devant nous, la maison de Yacine n'est plus que flammes.

— Les tableaux! hurle Salah qui s'élance.

Je le retiens par le bras :

— Ne bouge pas. Ils sont en lieu sûr.

Où?! Comment?!

– Nous les avons transportés chez Khaled.

Il s'effondre sur le siège arrière, pousse un grand soupir de soulagement. Je découvre un autre foyer d'incendie :

– Ça brûle là-bas aussi.

– C'est la mairie, répond Salah.

Une explosion couvre les criailleries. Khaled et quatre enfants, dont le petit Alilou, surgissent de la nuit.

– Ne restez pas là, c'est dangereux ! Marbah et sa clique ont incendié la maison du médecin. Les femmes, alertées par des enfants, ont mis le feu à la mairie. Il y a une bagarre monstrueuse au centre. On dit que deux hommes sont morts. J'ai peur qu'il n'y ait d'autres victimes.

– Il faut aller voir s'il y a des blessés, dit Salah.

Je le retiens encore une fois.

– Non ! Nous ferons de si belles cibles. N'oublie pas que c'est nous qui avons mis le feu aux poudres. Je redoutais un saccage de la maison. Mais je ne pensais pas qu'ils iraient jusqu'à la brûler. Heureusement que les tableaux sont à l'abri. Mais cette maison…

– Nom de Dieu, tu as bien fait. Quel malheur s'ils avaient brûlé ! Je m'en veux de ne pas y avoir pensé, avoue Salah.

– Elle a raison, intervient Khaled. Il serait dangereux de vous montrer dans les parages. Venez donc chez moi. J'alerterai les médecins de Tammar.

– Non Khaled, nous n'irons pas chez toi non plus. Il ne faut pas mettre en danger tes enfants. Rentrez vite, tous. Nous, nous allons retourner à Tammar.

– Tes papiers ? s'inquiète Vincent.

– Là, dans mon sac.

Je regarde les flammes. Tant de choses se consument dans mon feu intérieur. Soudain un rire incontrôlé ébranle ma poitrine, me glace, me terrasse, n'en finit plus. Les bras de Salah se referment sur moi.

– Calme-toi, calme-toi.

Après un moment, je parviens à articuler, à travers les convulsions de ce rire-sanglot :

– Khaled, je repars demain. Dis aux femmes que même loin, je suis avec elles.

Table

I.	Sultana	11
II.	Vincent	27
III.	Sultana	43
IV.	Vincent	61
V.	Sultana	81
VI.	Vincent	101
VII.	Sultanat	119
VIII.	Vincent	137
IX.	Sultana	159

Malika Mokeddem
dans Le Livre de Poche

Le Siècle des sauterelles   n° 14045

Une ferme brûle, dans la nuit, parmi les vignes et les oliviers envahis de sauterelles. Bien que ce soit la terre de ses ancêtres dépossédés, Mahmoud n'a pas voulu cela. Qui est donc *El-Majnoun*, le Dément, ce cavalier qui depuis quelques jours galope dans son ombre et partout le précède? Mauvais génie ou prophète d'une légitime révolte? C'est l'Algérie de la première moitié du XXᵉ siècle que fait revivre l'auteur de *L'Interdite* dans ce roman inspiré, empli des senteurs et de la lumière du désert, autour du destin de Mahmoud. Un destin que celui-ci aurait voulu vouer à l'amour et à la poésie. Mais les traditions familiales, l'histoire, le hasard peut-être, en ont décidé différemment. Il reviendra à Yasmine, sa fille, marquée par le souvenir de la *roumia* Isabelle Eberhart, de reprendre le flambeau.

Du même auteur :

L'Interdite, Grasset, 1993.

Les hommes qui marchent, Grasset, 1997

La Nuit de la lézarde, Grasset, 1998.

N'Zid, Le Seuil, 2001.

La Transe des insoumis, Grasset, 2003.

Mes hommes, Grasset, 2005.